Sala

Mat

CW00507812

Matti und Sami und die drei größten Fehler des Universums wurde mit dem Peter-Härtling-Preis der Stadt Weinheim und dem LUCHS des Jahres von Radio Bremen / DIE ZEIT ausgezeichnet und kam auf die Auswahlliste zum Deutschen Jugendliteraturpreis.

Salah Naoura

Matti und Sami

und die drei größten Fehler des Universums

Roman

GULLIVER
von BELTZ & Gelberg

»Matti und Sami und die drei größten Fehler des Universums«
im Unterricht
in der Reihe *Lesen – Verstehen – Lernen*
ISBN 978-3-407-62873-2
Beltz Medien-Service, Postfach 10 05 65, 69445 Weinheim
Kostenloser Download: www.beltz.de/lehrer

Für Esther und Carsten

Dieses Buch ist auch als E-Book erhältlich
(ISBN 978-3-407-74416-6)

www.gulliver-welten.de
© 2011, 2013 Beltz & Gelberg
in der Verlagsgruppe Beltz · Weinheim Basel
Alle Rechte vorbehalten
Lektorat: Barbara Gelberg
Neue Rechtschreibung
Einbandillustration: Anke Kuhl
Einbandtypographie: Franziska Walther
Gesamtherstellung: Beltz Bad Langensalza GmbH,
Bad Langensalza
Printed in Germany
ISBN 978-3-407-74427-2
2 3 4   16 15 14 13

1

Mama saß im Gras und schluchzte leise vor sich hin. Papa hatte die Augen zu zwei schmalen Schlitzen zusammengekniffen und starrte finster auf den glitzernd blauen See hinaus. Und Sami, mein kleiner Bruder, flitzte am Ufer hin und her und sammelte flache Steine zum Ditschen.

»Da sitzen wir nun!«, schnauzte Mama mich zwischen zwei Schluchzern an. »Vielen Dank, Matti!«

Das war kein echter Dank, sondern ironisch. Inzwischen kenne ich das von Mama. Ironisch ist, wenn man das Gegenteil von dem meint, was man sagt. Auch so etwas, was ich bei Erwachsenen nicht kapiere. Man kann doch auch gleich sagen, was man meint.

»Du hast unser Leben zerstört!«

Das war leider nicht ironisch. Dafür aber total übertrieben, schließlich lebten wir ja noch. Mein Onkel

Kurt, Mamas großer Bruder, sagt immer, man muss vor allem das Schöne im Leben sehen. Und dass Mama das leider nicht so gut kann. Schade eigentlich, denn es war ein wunderschöner Sommertag. Die Sonne schien, die Mücken surrten, der Wind strich raschelnd durch die Birken, und vor uns lag dieser fantastische finnische See, über den Sami gerade seinen ersten Stein ditschen ließ. Fünf Ditscher. Sami kann es echt schon gut, obwohl er noch so klein ist.

»Was sollen wir denn jetzt machen?«, keifte Mama mich an. »Hast du dir das mal überlegt? Hast du auch nur eine Sekunde darüber nachgedacht?«

Gut, ich musste zugeben, dass wir ein paar Probleme hatten: Wir wussten nicht, wo wir übernachten sollten. Und Papa und Mama hatten keine Arbeit, deshalb reichte das Geld bestimmt nicht, um für längere Zeit in ein Hotel zu ziehen. Außerdem hatten wir kein Auto, was in Finnland echt ein Nachteil ist, denn Finnland ist sehr groß, und alles liegt weit auseinander, da kann man schlecht zu Fuß gehen. Schon gar nicht mit unseren sechs schweren Koffern und Taschen, die immer noch kreuz und quer im Gras lagen – Papa hatte sie wütend einfach irgendwo fallen lassen. Neben dem größten, Mamas blauem Rollkoffer, stand Samis kleiner Rucksack mit dem rosaroten Panther drauf, schön ordentlich und kerzengerade. So ist Sami.

Mama blickte durch ihren Tränenschleier zu Papa rüber. »Sulo, sag doch mal was!«

Also, *das* war wirklich albern, denn sie ist nun schon seit elf Jahren mit einem finnischen Mann verheiratet, nämlich seit meiner Geburt, deshalb müsste sie langsam wissen, dass finnische Männer fast nie etwas sagen. Man muss sich einfach *vorstellen,* was sie denken. Also stellte ich mir vor, dass Papa sich freute, nach so langer Zeit wieder in Finnland zu sein, dem Land, in dem er geboren wurde. Ich jedenfalls freute mich, denn für mich war es ja das erste Mal. Dumm war nur, dass Mama, Sami und ich kein Finnisch konnten. (Außer *terve,* hallo, und *kiitos,* danke.) Aber das würden wir schon noch lernen.

»Bis zum nächsten großen Ort sind es sieben Kilometer«, jammerte Mama.

»Fünfeinhalb«, informierte ich sie, denn ich hatte im Reiseführer nachgesehen.

Mamas Augen begannen vor Wut zu funkeln.

»Hör auf mit deiner ewigen Klugscheißerei, Matti!«, fuhr sie mich an. »Denk lieber mal darüber nach, was du getan hast! Ich will jetzt eine Stunde nichts mehr von dir hören, klar?«

Auch das war wieder anders gemeint, als es klang. Wenn Mama sagt, ich soll darüber nachdenken, was ich getan habe, bedeutet es eigentlich, dass mir irgendetwas leidtun soll. Also schwieg ich lieber und dachte drüber nach, was ich getan hatte und ob es mir leidtat.

2

Angefangen hat alles mit dem Delfin im Ententeich. Ich kann mich genau daran erinnern, wie Sami vor Freude durch die Wohnung tanzte, einmal durch den kleinen Korridor hin und wieder zurück, denn sehr groß war unsere Wohnung nicht. Es war acht Uhr morgens, an einem Samstag. Papa war auf einer Schulung, und Mama hatte die Zeitung aufgeschlagen, wo gleich auf der zweiten Seite das Foto eines Delfins namens *Swisher* zu sehen war.

Swisher kommt zu uns!

lautete die Schlagzeile. Darunter stand, dass der Zoo in Duisburg zu viele Delfine hätte, deswegen müsste einer von ihnen umgesiedelt werden, nämlich Swisher. Und da war unser Bürgermeister auf die Idee gekommen, dass Swisher doch hier in unserer kleinen Stadt im Ententeich wohnen könnte. Wir haben immerhin einen ziemlich großen Ententeich, viel größer als ein Delfinarium und mit schönen grünen Trauerweiden am Ufer, deren Lianenzweige bis ins Wasser hängen. Außerdem führt an der schmalsten Stelle eine Brücke übers Wasser, ideal zum Beobachten von Enten und Delfinen. Der Duisburger Zoodirektor hatte unseren tollen Teich vorher besichtigt und war zu dem Schluss gekommen, dass Swisher sich dort sehr wohlfühlen würde und deswegen zu uns ziehen dürfte.

Die Ankunft des Delfintransporters war für zehn Uhr geplant, stand in dem Zeitungsbericht. Dann würden vier starke Tierpfleger Swisher mit einer Trage dabei behilflich sein, die Strecke vom Wagen bis zum Ufer zurückzulegen.

Sami begann vor Begeisterung auf dem Sofa rumzuhopsen und wollte Swisher zur Begrüßung ein Glas Rollmöpse mitbringen, aber Mama erklärte ihm, dass Rollmöpse für Delfine zu sauer sind.

Stattdessen nahmen wir Erni und Bert mit, unsere Holzdelfine, die uns Onkel Kurt irgendwann mal aus Amerika mitgebracht hat. Beim Baden ließen wir sie immer in der Wanne schwimmen, zwischen arktischen Eisbergen aus Schaum, und wenn die Wasseroberfläche mit einer dünnen Schaumschicht bedeckt war, guckten oben nur ihre Rückenflossen raus und zerteilten die weißen Fluten wie der stählerne Bug eines Eisbrechers im Polarmeer.

Der Himmel an diesem Samstagmorgen war grau und gewitterig, und es blies ein kalter Wind, kein schönes Wetter zum Spazierengehen. Trotzdem war bereits die halbe Stadt um den Entenweiher versammelt, als wir dort ankamen. Noch nie hatte ich so viele Leute in unserem kleinen Park gesehen. Sami machte einen Aufstand, weil auf der Brücke, von wo man am besten sehen konnte, kein Platz mehr frei war.

»Sami, hör endlich auf zu maulen!«, sagte Mama.

Am gegenüberliegenden Ufer entrollten zwei Kinder gerade ein großes Transparent mit der Aufschrift *Herzlich willkommen, Swisher!*.

»Sami?«, sagte die Frau, die direkt vor uns stand, und drehte sich um. »Ist das nicht ein türkischer Name?« Sie musterte meinen kleinen Bruder von Kopf bis Fuß. »Du siehst doch gar nicht aus wie ein Türke!«

Komischerweise sagen die Leute das jedes Mal, wenn sie Samis Namen hören, trotz seiner blassen Haut und des hellblonden Haars, das wie Gold schimmert.

»Sami ist auch ein finnischer Name«, klärte ich sie auf. »Kennen Sie nicht Sami Hyypiä, den berühmten finnischen Fußballer?«

»Nein.«

»Einer der besten Verteidiger der Welt, sehr kopfballstark. Früher war er beim FC Liverpool, aber jetzt spielt er bei Bayer Leverkusen, schon seit über einem Jahr!«

»Vielen Dank für die Information«, sagte die Frau.

»Er ist über eins neunzig und in Liverpool kennt ihn jeder!«

»Wir sind hier aber nicht in Liverpool«, sagte die Frau und drehte sich wieder nach vorn.

Ich zupfte sie am Ärmel.

»Sami Hyypiä hat übrigens dieselbe Haarfarbe wie mein Bruder.«

»Und dieselbe Frisur!«, krähte Sami.

Mama zischte uns zu, wir sollten aufhören, die Leute zu belästigen, obwohl doch eigentlich die Frau uns belästigt hatte. Außerdem finde ich, dass es echt nicht schaden kann, Sami Hyypiä zu kennen. Immerhin ist er ein weltberühmter Finne und wurde 2001 in Finnland zum Sportler des Jahres gewählt. Ein Plakat von ihm, auf dem er gerade einen genialen Kopfballtreffer landet, hing zu Hause über meinem Bett.

Während wir auf Swisher warteten, fragte ich mich, ob ein Delfin im Ententeich sich nicht vielleicht so fühlen würde wie mein finnischer Vater in Deutschland. In Deutschland ist alles komisch, sagt Papa immer. Und dass die Deutschen die Finnen nicht verstehen. Also auch Mama nicht, denn Mama ist ja Deutsche. Früher habe ich ihn oft gefragt, warum er Mama überhaupt geheiratet hat, obwohl sie ihn als Deutsche nicht versteht. Aber natürlich hat er nichts geantwortet – schließlich ist er Finne.

Mittlerweile war Swisher schon eine halbe Stunde verspätet, und ich sah, wie die Dame vor uns mit dem älteren Herrn, der neben ihr stand, zu flüstern begann.

Ein leichter Nieselregen setzte ein.

»Ach«, sagte die Frau zu dem älteren Mann, diesmal so laut, dass jeder es hören konnte. »Das war wirklich ein schöner Ausflug. Nun hast du mal unseren Ententeich gesehen.«

Am anderen Teichufer rollten die Kinder gerade ihr Transparent zusammen und brachen ebenfalls auf!

Ich wunderte mich.

»Der Delfin soll endlich kommen!«, maulte Sami und wedelte mit Erni und Bert. »Ich will ihn schwimmen sehen.«

Die Frau, die Sami Hyypiä nicht kannte, drehte sich um und lachte irgendwie seltsam. »Ein Delfin?«, sagte sie zu Sami. »Im Ententeich? Wer hat dir das denn erzählt? Das muss ein Aprilscherz gewesen sein. Heute ist doch der 1. April.«

Sami starrte die Frau entgeistert an.

»Das habe ich meinen Söhnen auch gesagt«, sagte Mama und fing an zu kichern. »Bestimmt ein Aprilscherz! Aber Sie wissen ja, wie Kinder sind ... Und außerdem schadet es ja auch nichts, am Wochenende mal an die frische Luft zu gehen.«

Inzwischen goss es in Strömen. Mama klebten die Haare an den Wangen und der Frau liefen schwarze Tränen aus Wimperntusche über das Gesicht.

»Das stimmt doch überhaupt nicht!«, brüllte Sami. »Du hast mir einen Delfin versprochen. Ich will den Delfin!«

Mama kicherte noch ein bisschen lauter und hielt Sami einfach den Mund zu. »Da kann man hundert Mal was erklären, sie hören einem einfach nicht zu«, sagte sie und nickte der Frau vielsagend zu.

Dann lachten sie beide fast gleichzeitig und wünschten sich ein schönes Wochenende.

Sami war so wütend, dass er sich weigerte, nach Hause

zu rennen, obwohl es zu blitzen und zu donnern begann und Wasserfälle vom Himmel auf uns runterprasselten.

»Du hast gelogen!«, brüllte er Mama an.

»Herrgott noch mal, es stand in der Zeitung, die *Zeitung* hat gelogen, kapier das doch endlich!«, rief Mama durch den brausenden Sturm zurück.

Als wir nach Hause kamen und in der Diele die klatschnassen Sachen auszogen, fragte ich: »Wieso hast du der Frau denn erzählt, dass du das mit dem Aprilscherz schon gewusst hast? Du *hast* es doch gar nicht gewusst.«

»Das geht die Frau aber nichts an«, blaffte Mama. »Zieh endlich die nassen Strümpfe aus!«

»Also hast du *doch* gelogen.«

Mama guckte mich wütend an. »Meine Güte, Matti«, sagte sie. »Manchmal bist du echt päpstlicher als der Papst!«

3

Wir wohnten in einer kleinen Hochhaussiedlung, nicht weit entfernt vom Park. Drei Hochhäuser mit einer Rasenfläche in der Mitte, und zwischen Haus 1 und Haus 2 (unserem) lag ein Sandkasten, in dem Sami nicht mehr buddelte, seit er vom Fenster aus gesehen hatte, wie ein Mädchen aus Haus 3 sich in den Sand gehockt und reingepinkelt hatte.

Der Aufzug hatte innen ein wildes Fleckenmuster aus verschiedenen Grüntönen, weil der Hausmeister regelmäßig die Kritzeleien überstrich und dann nie denselben Farbeimer fand, den er beim letzten Mal benutzt hatte.

Mama beschwerte sich immer, unsere Haus-2-Wohnung sei so groß wie ein Schuhkarton, und sie fand es eine Unverschämtheit, dass Papa als Einziger in der Familie ein eigenes Zimmer hatte.

Aber Papa brauchte ein Computerzimmer, mit einer

Tür zum Zumachen, sagte er. Sein Computerzimmer durften Sami, ich und Mama nicht betreten, was eh nicht gegangen wäre, weil es keinen erkennbaren Platz gab, wo man hintreten konnte. Überall auf dem Boden lagen Bücher und CDs und Handys und Berge von Zetteln. Papier quoll aus den Regalen und stapelte sich auf dem Schreibtisch, und Papa war der Einzige, der wusste, wie man problemlos von der Tür zum Drehstuhl kam. Deswegen blieben wir einfach im Türrahmen stehen, wenn wir mit ihm sprechen wollten.

An dem April-Sonntag nach unserem Ausflug zum Ententeich kam Papa erst nachmittags von seiner Schulung nach Hause, ging sofort ins Computerzimmer und machte die Tür hinter sich zu, was bedeutete, dass er was ausprobieren wollte und wir nicht klopfen, keinen Krach machen und nichts fragen sollten.

Ich klopfte trotzdem.

Blaugraue Rauchschwaden waberten mir entgegen, als ich die Tür öffnete. Mit seinen finnischen Zigaretten schafft Papa es in Sekundenschnelle, jedes Zimmer in eine qualmende Drachenhöhle zu verwandeln. Onkel Jussi schickte ihm ab und zu welche aus Finnland, und Papa rauchte sie immer nur dann, wenn er irgendwas sehr Wichtiges erledigt hatte.

Zum Beispiel eine Schulung.

»War die Schulung gut?«, begann ich unser Gespräch.

»Ja.«

Mist. In diese Falle tappe ich immer wieder: Wenn man eine Frage mit Ja oder Nein beantworten kann, beantwortet Papa sie mit Ja oder Nein. Dann ist das Gespräch zu Ende.

Ich versuchte es anders:

»Was hast du denn gelernt?«

»C plus plus und Java.«

Das sind Programmiersprachen. Papa findet Handyspiele nämlich total toll und wäre von Beruf am liebsten Handyspiele-Entwickler, obwohl er eigentlich Busfahrer ist. Und als Handyspiele-Entwickler muss man programmieren können. Deswegen geht Papa manchmal zu solchen Schulungen, aber das meiste hat er sich alleine beigebracht, oft nachts, im Computerzimmer. Er denkt sich dauernd neue Handyspiele aus, die so geheim sind, dass er keinem was davon erzählt – nicht mal uns.

»Wahrscheinlich denkt er sich nur aus, dass er sich was ausdenkt«, sagt Mama immer. »*Deswegen* erzählt er nichts. Was soll euer Vater sich schon ausdenken?« Das finde ich ehrlich gesagt gemein von ihr.

Papa starrte mich durch den Dunst in seiner Drachenhöhle an, und ich fand, dass er müde aussah. Unter den Augen hatte er dunkle Ränder, die Haut wirkte grau wie Asche, und seine kurzen blonden Haare waren so zerzaust, als wäre er gerade erst aufgestanden.

»Was ist denn, Matti?«

»Können wir nicht mal nach Finnland fahren?«, fragte ich und zeigte auf die große Finnlandflagge, die über Papas Schreibtisch hing. »In den Sommerferien?«

»Nein.«

»Ich will aber so gerne mal hin«, sagte ich. »Wir waren doch noch nie da. Ich würd gern meinen Opa kennenlernen.«

Papa griff nach der Flasche mit seinem geliebten Wodka, die immer neben dem Monitor stand, schraubte sie auf und goss sich einen Schluck ein. »Dann fahr mit deiner Mutter hin«, sagte er.

Also ehrlich, ich verstand nicht, warum ich mit elf noch nie in Finnland gewesen war, obwohl mein Vater Finne ist. Turo, mein bester Freund, verstand es auch nicht. Seine Mama ist Finnin, und sie fahren jedes Jahr hin, manchmal sogar zweimal. Turos Eltern hatten mich schon hundert Mal eingeladen mitzukommen, aber Mama und Papa erlaubten es nicht, weil sie fanden, dass eine Familie immer zusammen in den Urlaub fährt. Also musste ich mit ihnen und mit Sami fahren. Aber leider nur an die Nordsee.

»Wo ist Sami?«, fragte Papa.

»Im Kinderzimmer. Er hat schlechte Laune«, erzählte ich. »Weil wir keinen Delfin bekommen haben, für den Ententeich.«

Delfine im Ententeich sind eigentlich ja sehr ungewöhnlich, aber Papa schien kein bisschen verwundert zu sein, sondern leerte sein Wodkaglas und starrte dabei auf den Monitor. »Kümmere dich ein bisschen um ihn«, sagte er. »Und mach bitte die Tür zu.«

Als ich Onkel Kurt am Montag im Taxi von Swisher erzählte, lachte er sein lautes, tiefes Lachen. Onkel Kurt ist Taxifahrer und holte mich damals fast jeden Tag mit seinem Wagen von der Schule ab, weil die Fahrt mit Bus und Bahn eine halbe Ewigkeit dauerte. Ich fand es toll, weil ich der einzige Schüler war, der im Taxi nach Hause fuhr.

Unsere allererste Fahrt mussten wir allerdings nach fünf Minuten unterbrechen, weil uns ein schneller Streifenwagen mit Sirene und Blaulicht überholte und dann plötzlich abbremste, um uns zu stoppen. Irgendjemand aus meiner Klasse hatte beobachtet, wie Onkel Kurt mich in den Wagen schubste, und war dann zu unserem Rektor gerannt, der sofort die Polizei rief.

Der erste Polizist riss die hintere Wagentür auf und brüllte: »Alles in Ordnung, keine Angst, Junge! Du kannst jetzt aussteigen.«

»Aber ich muss doch nach Hause«, protestierte ich.

»Hat dich dieser Mann nicht in den Wagen geschubst?«, fragte der zweite Polizist, nachdem er Onkel Kurt aus dem Taxi gezerrt und ihm einen Arm auf den Rücken gedreht hatte.

»Doch, hat er«, sagte ich wahrheitsgemäß.

»Ma... Matti!«, keuchte Onkel Kurt im Würgegriff von Polizist Nummer zwei.

»Weil ich so getrödelt habe und wir spät dran sind«, fügte ich eilig hinzu. »Das ist mein Onkel Kurt.«

Der Polizist stieß einen Fluch aus und ließ Onkel Kurt wieder los. Dann stiegen er und sein Kollege schimpfend in ihren Dienstwagen.

»Aber vielen Dank, dass Sie mich retten wollten!«, rief ich den beiden hinterher.

Nach diesem Vorfall hat Onkel Kurt mich übrigens nie wieder geschubst, nicht mal, wenn ich schneckenlangsam war.

Ich mag Onkel Kurt sehr. Er hat einen dicken Schnurrbart, kaum Haare auf dem Kopf und eine so tiefe Stimme, dass es in meinem Bauch kitzelt, wenn er spricht. Außerdem kann man sich echt toll mit ihm unterhalten und dafür hatten wir in seinem Taxi immer schön viel Zeit.

»Wie kann man so dumm sein, das zu glauben?«, lachte Onkel Kurt, als ich erzählte, wie viele Leute im Park auf den Delfin gewartet hatten. »Delfine leben doch im Salzwasser, also im Meer. In einem Teich würden sie sicher sterben.«

»Okay, das habe ich nicht bedacht«, sagte ich. »Aber wie kann man solche Lügen in der Zeitung schreiben? Das ist doch Betrug! Sami hat sich so auf den Delfin gefreut und dann stimmt das alles gar nicht.«

»Erwachsene lügen nun mal ab und zu«, erklärte mir Onkel Kurt. »Besonders bei so kleinen, unwichtigen Dingen ... So ein Aprilscherz ist doch nichts Schlimmes, Matti.«

Ein Aprilscherz mit Delfinen schon, fand Sami. Mama berichtete mir von seiner miesen Laune, als ich nach Hause kam. Die Erzieherin hatte sich bei ihr beschwert, weil er zwei Mädchen aus seiner Froschgruppe an den Haaren gezogen und einen Jungen von den kleinen Tigern verprügelt hatte – so was tut er nur, wenn er Weltwut hat, höchstens zweimal im Jahr. Normalerweise ist er zu den anderen Kindern im Kindergarten echt total nett.

Ich ging in unser Zimmer, wo Sami oben in meinem Etagenbett lag (was er eigentlich nicht durfte) und Erni und Bert durch die Luft schwenkte, als wären es zwei Jumbojets im Landeanflug. Als er mich kommen hörte, stieß er ein drohendes Knurren aus.

»Wann kriegst du endlich wieder gute Laune?«, fragte ich.

»Wenn bei uns im Teich ein Delfin schwimmt!«

»Das ist leicht«, erwiderte ich. »Wir werfen Erni und Bert rein, dann schwimmen sogar *zwei* drin!«

Sami guckte mich mit großen Augen an. Dann lachte er, und wir gingen sofort los, um Erni und Bert im Ententeich auszusetzen. Der Wind trieb die beiden immer weiter in die Mitte des Teichs, wo ihre spitzen Rückenflossen einen Erpel erschreckten, der flatternd Reißaus nahm.

»Hier haben sie auch viel mehr Platz als in unserer Badewanne«, sagte Sami zufrieden. »Und außerdem sind wir die Einzigen, die wissen, dass das hier ein Delfinteich ist. Schwör, dass du's keinem verrätst!«

»Ich schwöre es«, versprach ich feierlich.

An diesem Abend holte ich mir *Tiere der Welt* aus dem Regal und las vorm Einschlafen noch das Kapitel über Delfine. Unter mir schlief Sami bereits, und ich hörte seinen gleichmäßigen Atem und dachte daran, wie er die Delfine ins Wasser gesetzt hatte und danach wieder alles in Ordnung gewesen war. Als wäre dem Universum ein Fehler unterlaufen, den wir korrigiert hatten.

Zufrieden knipste ich das Licht aus.

4

Mama war am nächsten Morgen noch hektischer als sonst und schnauzte Sami an, dass er sich endlich seine Hose anziehen sollte, obwohl sie selbst auch noch nicht fertig war. Ein Auge war geschminkt, das andere nicht, ihre braunen Locken standen nach allen Seiten ab, und am Kinn hatte sie einen roten Fleck, weil ihr der Lippenstift ausgerutscht war.

»Hier ist dein Pausenbrot«, sagte sie leise und legte mir klackernd drei Euro auf den Küchentisch, damit ich mir in der großen Pause zwei belegte Brötchen kaufen konnte.

»Ich will auch Geld haben!«, brüllte Sami aus der Diele.

»Gib Ruhe und zieh dich an!«, rief Mama. »Dieses Kind hat Katzenohren ... Hör mal, Matti, ich komm heut ein bisschen später von der Arbeit, mein Chef macht gerade Stress. Kannst du Onkel Kurt bitten, dass er Sami vom Kindergarten abholt? Ausnahmsweise!«

»Okay«, sagte ich.

Zehn Minuten später fiel die Tür zu, und ich hörte, wie Sami draußen ungefähr hundert Mal hintereinander auf den Fahrstuhlknopf drückte und Mama sagte: »Herrgott noch mal, Sami, davon kommt er auch nicht schneller!«

Papa schlief noch, was in Ordnung war, weil er an diesem Tag eine Spätschicht fuhr. Er fährt ganz gerne Nachtbus. Vielleicht erinnert ihn das ja an die langen, dunklen Winternächte in Finnland.

Turo wartete wie immer auf dem Bahnsteig und winkte, als meine S-Bahn einfuhr und er mich im Zug entdeckte. Seit wir in die fünfte Klasse gingen, brauchte ich für den Schulweg eine Ewigkeit. Erst eine halbe Stunde mit der S-Bahn bis zum S-Bahnhof, wo ich Turo traf, und dann fuhren wir zusammen noch zehn Minuten mit dem Bus weiter.

»*Terve!*«, begrüßte er mich.

»*Terve!*«, grüßte ich zurück.

Turo ist mein bester Freund und lustigerweise auch Halbfinne. Wir waren schon in der Grundschule befreundet gewesen und freuten uns, dass wir im Gymnasium nun endlich in dieselbe Klasse gingen. Er kann sogar Finnisch, weil seine Mutter mit ihm und seinem großen Bruder nur Finnisch und kein Wort Deutsch redet.

Papa hat nie Finnisch mit uns geredet. Deutsch eigentlich auch nicht. Als ich klein war, habe ich eine Zeit lang sogar gedacht, dass er gar nicht sprechen kann. Bis ich zum ersten Mal mitbekam, wie er mit finnischen Freunden Wodka trank – danach redete er immerhin ein paar Sätze hintereinander.

Turo trug seine rot-blaue Lieblingsmütze aus Lappland, wie immer, wenn es draußen kühl war, was ich ziemlich mutig fand, weil die anderen Jungen deswegen blöde Sprüche machten.

»Da kommen die zwei Schlappländer aus Schlappland!«, brüllte Murat, als wir wenig später den Schulhof betraten.

»Meine Mutter stammt aus Kotka, das liegt ganz unten im Süden von Finnland«, informierte ihn Turo. »Und Lappland liegt ganz oben, im Norden.«

Murat verdrehte die Augen und sagte: »Mann, ist doch scheißegal, Alter.«

In der ersten Stunde hatten wir Erdkunde und sprachen fünf Minuten über die Länder Europas und danach über Herrn Behrends Lieblingsthema, die Fußball-WM.

»Wer kennt denn ausländische Nationalspieler, die in deutschen Vereinen spielen?«, fragte er.

»Halil Altintop!«, rief Murat. »Der ist Türke und bei Eintracht Frankfurt.«

»Stimmt«, sagte Herr Behrend.

»Hugo Almeida«, sagte der stille Paulo, der sich nur selten meldete. »Aus Portugal.«

»Und der spielt wo?«, fragte Herr Behrend.

»In Portugal.«

»Hamit Altintop!«, rief Murat.

»Den hatten wir gerade.«

»Nein, das war Halil. Hamit ist sein Zwillingsbruder. Bayern München.«

»Ach ja.«

»Sami Hyypiä«, sagten Turo und ich wie aus einem Mund. »Bayer Leverkusen.«

»Und wo ist der her?«, fragte Murat.

»Natürlich aus Finnland«, sagte Turo.

Murat starrte Turo entgeistert an. »Du spinnst wohl, Sami ist Türkisch! Mein Onkel heißt Sami!«

»Und mein Opa heißt Sami«, erwiderte Turo.

»Du lügst doch!«

28

»Tu ich nicht!«

»Der Opa von mei'm Opa hieß Sami, da hat dein Opa noch lang nich' gelebt!«

»Und *mein* ...«

»Schluss, hört sofort auf damit!«, rief Herr Behrend und dann klingelte es zum Glück.

In der Pause zeigte mir Turo einen Prospekt, den er mir aus Mikkeli mitgebracht hatte, von seiner letzten Finnlandreise. Er war dort extra in ein Touristenbüro gegangen, um den Prospekt für mich zu holen.

Mikkeli ja ympäristö

stand in weißen Buchstaben vorne auf dem Umschlag, dahinter sah man das blaue Wasser eines großen Sees mit Fichten und Birken am Ufer, kleine rotbraune Holzhäuser und einen wunderschönen Himmel mit zwei winzigen weißen Wolken.

»Was heißt denn *ympäristö*?«, fragte ich.

»Das bedeutet die Gegend rund um Mikkeli.«

»Die Umgebung?«

»Genau. ›Mikkeli und Umgebung‹. Unser *mökki*, wo wir im Sommer immer hinfahren, ist in Haukivuori, am Kyyvesi-See.« Ein *mökki* ist offenbar ein Ferienhaus,

29

denn er schlug eine Seite auf und zeigte mir das Foto von einem kleinen rotbraun gestrichenen Häuschen am Ufer eines Sees.

»Schön«, sagte ich.

»Haukivuori ist sogar berühmt. Vor ein paar Jahren fand da die Sumpfvolleyball-Weltmeisterschaft statt!«

Ich dachte zuerst, er machte Witze, aber Turo schwor mir, dass es stimmt. »Hier, das kannst du deinen Eltern doch mal zeigen«, sagte er und gab mir den Prospekt. »Und sag ihnen, dass es uns wirklich gar nichts ausmacht, wenn du diesmal mitkommst. Wir könnten zusammen angeln. Und ein Boot haben wir auch.«

»Echt? Ein Schnellboot?«

Turo lachte, dass man seine riesengroßen Schneidezähne sah. »Nee, zum Rudern.« Seine blauen Augen funkelten. »Das wär doch toll, wenn wir zusammen Ferien machen könnten.«

Ich seufzte. »Das wäre wirklich toll, Turo.«

Onkel Kurt wartete schon vor dem Schultor, als wir herauskamen. Meistens wurde Turo von seiner Mutter abgeholt, aber manchmal nahmen wir ihn im Taxi auch bis zum S-Bahnhof mit, und von dort fuhr er dann noch fünf Stationen mit dem Bus.

»Hallo, Matti!«, rief Onkel Kurt und winkte durch das Wagenfenster. »Na, ist heute auch keine Polizei in der Nähe?« Er lachte schallend.

»Nein, keine Angst«, sagte ich.

Das war unser kleiner Witz, den wir öfter machten.

»Wieso denn Polizei?«, fragte Turo.

»Als ich Matti das erste Mal abholte, hat uns doch die Polizei angehalten«, erklärte Onkel Kurt lachend. »Weil irgend so ein Schüler gesehen hat, wie ich Matti ein winziges bisschen geschubst habe, und deswegen gleich zum Rektor gerannt ist!«

»Stimmt.« Turo nickte. »Das war ich.«

Onkel Kurts Mundwinkel klappten nach unten.

»Ich muss mich beeilen, meine Mutter hupt schon. Tschüss, Matti, und vergiss nicht, deine Eltern zu fragen.«

Er rannte los und ich starrte ihm verdutzt hinterher. Dass Turo damals derjenige gewesen war, der zum Rektor gegangen war, hatte ich nicht gewusst, und er hatte es auch nie erzählt.

»Hey! Vielen Dank, dass du mich retten wolltest!«, rief ich ihm nach und er drehte sich noch mal um und winkte.

Turo ist echt ein toller Freund.

Auf der Fahrt zum Kindergarten erzählte ich Onkel Kurt, dass ich in meinem Tierbuch von Delfinen gelesen hatte, die tatsächlich im Süßwasser leben. Nämlich Flussdelfine, im Amazonas.

»Oh«, sagte er. »Davon hatte ich keine Ahnung.« Das finde ich toll an Onkel Kurt. Er sagt nie, dass ich ein Klugscheißer bin, sondern gibt einfach zu, wenn er irgendwas nicht weiß. Das würde Mama nie im Leben tun.

»Und Teichdelfine?«, fragte er.

»Davon stand da nichts.«

Sami hüpfte vor Begeisterung, als der cremefarbene Mercedes vor dem Kindergarten hielt. Und dann musste Onkel Kurt drei Mal hupen, damit auch wirklich jedes Kind aus der Froschgruppe mitbekam, dass Sami mit dem Taxi nach Hause fuhr. Als zwei der kleinen Frösche ihm »Angeber, Angeber!« hinterherriefen, streckte er ihnen die Zunge raus.

Zu Hause wärmte Papa uns die Kartoffeln und den Blumenkohl auf, den Mama am Abend vorgekocht hatte, und dann setzten wir uns vor den Fernseher und guckten beim Essen Samis Lieblingssendung *Rettet die Tiere*. Diesmal ging es den Giraffen in Afrika schlecht und am Ende sagte der Tierschützer Prof. Dr. Wenders mit ernster Miene in die Kamera: »Wir brauchen dringend Ihre Hilfe, spenden Sie für die Netzgiraffe, damit sie nicht ausstirbt.«

Sami ließ scheppernd seine Gabel fallen.

»Wir müssen der Giraffe helfen«, sagte er. »Sonst stirbt sie.«

»Mach dir keine Sorgen«, beruhigte ich ihn. »Mama und Papa spenden jeden Monat was für Tiere, die Probleme haben. Auch für Giraffen.«

»Was heißt spenden?«

»Bezahlen.«

»Super.«

Die Sendung lief schon seit vielen Jahren, und als ich ungefähr so alt gewesen war wie Sami, hatte ich gefragt, ob wir nicht für die Affen oder Zebras oder Wale oder Löwen spenden könnten. Aber ich brauchte mich nicht mal zu entscheiden, weil Mama und Papa mir damals nämlich erklärten, dass sie den Not leidenden Tieren regelmäßig Geld schickten, und zwar allen.

»Und wie viel?«, wollte Sami wissen.

»Was meinst du?«

»Wie viel spenden sie jeden Monat? So viel wie mein Taschengeld?«

»Keine Ahnung ...«

Ich hörte das Zuschlagen der Wohnungstür und wie

Mama, die gerade von der Arbeit nach Hause gekommen war, am Wohnzimmer vorbeischlurfte und ihren Schlüssel auf den Küchentisch knallte.

Sami verdrückte die letzte Kartoffel und ich nahm unsere Teller und trug sie in die Küche.

»Hallo Matti«, sagte Mama. »Wo ist euer Vater?«

»Im Computerzimmer.« Ich hasse es, wenn Mama »euer Vater« sagt. Es klingt so, als hätte sie überhaupt nichts mit Papa zu tun, dabei sind die beiden doch immerhin verheiratet. »Stimmt was nicht?« Am liebsten hätte ich ihr ja sofort Turos Finnland-Prospekt gezeigt, aber mein Gefühl sagte mir, dass es besser war, noch damit zu warten.

Mein Gefühl hatte recht.

»*Nichts* stimmt«, sagte Mama. »Das Auto spinnt, mein Chef spinnt, meine Kollegin spinnt!«

Ihr kleiner Fiat sprang in letzter Zeit nur noch an, wenn er Lust dazu hatte. In der Praxis, in der Mama als Arzthelferin arbeitete, musste alles immer schneller gehen, und ihr Chef, Dr. Kasper, hatte dauernd schlechte Laune und brüllte seine Mitarbeiterinnen an. Früher hatte Mama ihre Arbeit wirklich gemocht, besonders das Blutabnehmen. »Ich bin von Beruf Vampir!«, erzählte sie den Patienten immer. Mir und Sami hat sie

34

auch schon mal Blut abgenommen – sie macht das so geschickt, dass es fast nicht wehtut.

»Verkauf das Auto doch und fahr mit dem Rad zur Arbeit, so wie Papa«, schlug ich vor. Papa fuhr bei Wind und Wetter und liebte sein Rad so sehr, dass er ihm sogar einen Namen gegeben hatte: *pieni hirvi*, das bedeutet »kleiner Elch«.

»Und soll ich mit dem Rad auch einkaufen fahren und Sami in den Kindergarten bringen?«, sagte Mama. »Du hast vielleicht Vorstellungen, Matti!«

Ich beschloss, das Thema zu wechseln.

»Was ich mal fragen wollte: Wie viel spendet ihr eigentlich jeden Monat für *Rettet die Tiere*?«

Mama guckte mich ratlos an.

»Na, für die Affen, Zebras, Wale und Löwen«, erklärte ich.

Sie wuschelte mir lächelnd durch die langen Haare. »Matti, Schatz. Das haben wir damals doch nur so gesagt, weil du dir nach jeder Sendung solche Sorgen um die Tiere gemacht hast. Das war so süß, da warst du ja erst fünf.«

Ich starrte sie ungläubig an, und um mich herum fing die Küche plötzlich an zu schwanken und sich zu drehen, dass mir ganz taumelig wurde.

»Matti?«, fragte Mama und packte mich an der Schulter.

Mit einem Ruck riss ich mich los, rannte ins Kinderzimmer und knallte die Tür hinter mir zu.

5

Die im Stich gelassenen Tiere waren schon der zweite schwere Fehler im Universum innerhalb von einer Woche. Und weil ich ihn viel schlimmer fand als die Sache mit dem Teichdelfin, entschied ich mich, auch diesen Fehler sofort zu korrigieren.

»Komm, Sami«, sagte ich mit grimmiger Miene. »Wir gehen zur Bank.«

»Warum?«

»Mama und Papa haben diesen Monat leider vergessen, für die Giraffen zu spenden, das müssen wir nachholen.«

»Au ja.«

Also spazierten wir den langen Weg durch die Fußgängerzone bis zur Bank. Eine freundliche junge Frau kam auf uns zu und wollte wissen, warum wir hier seien, und als ich ihr erklärte »aus geschäftlichen Gründen«, forderte sie uns auf, doch bitte Platz zu nehmen.

»Wir wollen den Giraffen Geld schicken«, begann Sami das Gespräch.

»Wie nett«, sagte die Frau. »Und was habt ihr so gedacht, wie viel in etwa?«

»Das da alles«, sagte Sami, öffnete seinen kleinen Rucksack mit dem rosaroten Panther drauf und holte die Schachtel heraus, in der Papa sein Kleingeld für den Zigarettenautomaten aufbewahrte.

»Und das auch noch«, sagte ich, öffnete meinen Rucksack und holte das große Glas heraus, wo Mama immer die Münzen reinwarf, die vom Einkaufen übrig blieben. Wenn das Glas dann voll war, ging sie von dem Geld mit ihrer besten Freundin ins Kino oder lud sie zum Pizzaessen ein.

»In der Schachtel sind 14 Euro 20 und in dem Glas 23 Euro 10. Macht 37 Euro 30 für die Giraffen«, sagte ich.

»Das glaube ich dir gern«, sagte die Dame. »Aber ihr hättet es gar nicht zählen müssen, das erledigt unser Münzzähler. Das Problem ist bloß, dass eure Eltern mitkommen müssen, wenn ihr spenden wollt. Weil man zum Spenden nämlich ein Konto braucht. Und dazu ei-

nen Überweisungsschein mit Unterschrift des Konto-
inhabers. Oder einen Einzahlungsschein. Den dürft ihr
aber auch noch nicht unterschreiben.«

Sami ist ein toller Schauspieler und kann auf Kom-
mando weinen, wenn er den Verdacht hat, dass die Erwachsenen dann tun, was er will. Und sehr oft tun sie es
dann auch. (Außer Mama.) Erst zieht er ein Knautsch-
gesicht und dann spritzen seine Augen los wie zwei
Wasserpistolen.

»Die aaaaaaaaaarmen Giraaaaaaaaaaaffen!«, heulte
er, und schon regnete es Tränen auf den blank polierten
Schreibtisch der Bankdame, die ganz erschrocken guckte. »Die müssen steeeeeeeeerben! STEEEEEEERBEN
müssen die!« Die anderen Leute in der Bank starrten erschrocken zu uns rüber.

»Hör sofort auf, Sami!«, zischte ich und versetzte ihm
einen kleinen Warntritt.

»Sami?«, fragte die Dame. »Ist das nicht ein türkischer
Name? Du siehst doch gar nicht aus wie ein Türke.«

»Das ist nicht türkisch«, schniefte er und wischte sich
mit dem Ärmel übers Gesicht. »Kennst du denn nicht
Sami Hyypiä?«

»Nein, wer ist das?«, fragte die Dame.

»Ein finnischer Fußballer«, erklärte ich.

»Der heißt wie ich und hat dieselben Haare wie ich«, fügte Sami hinzu.

»Schön«, sagte die Dame. »Aber für die Spende brauche ich die Unterschrift eurer Eltern.«

Ich zog meinen großen Trumpf aus dem Rucksack: einen Einzahlungsschein aus unserer Küchenschublade, mit Mamas Unterschrift.

Mama hatte die Angewohnheit, alle ihre Einzahlungsscheine immer schon zur Hälfte auszufüllen und zu unterschreiben – angeblich spart das Zeit. Danach versteckte sie die Scheine dann in der Küchenschublade unter den Geschirrtüchern.

Die Bankangestellte nahm den Schein, runzelte die Stirn und las vor, was ich mit meinem Kuli in großen Druckbuchstaben draufgeschrieben hatte: *RETTET DIE TIERE (GIRAFFEN)*. »Ach, gibt es diese Sendung immer noch?«, sagte sie lächelnd und erzählte uns, dass sie das als Kind auch schon geguckt hätte, genau wie wir.

»Damals habe ich meine Eltern angebettelt, was für die armen Tiere zu spenden, und das haben sie dann auch getan.«

Bist du dir da sicher?, dachte ich.

Nachdem die Frau auf dem Einzahlungsschein eingetragen hatte, wie viel wir spenden wollten (das hatte ich dummerweise vergessen), schickte sie uns zur Kasse, zum Einzahlen. Der Mann hinter der dicken Panzerglasscheibe schaute zu, wie wir unsere Münzen in diese komische Schublade legten, die dann unter der Scheibe verschwand, während auf unserer Seite wie durch Zauberei plötzlich eine leere Schublade erschien.

»Das ist ja toll!«, rief Sami. »Kannst du das noch mal machen?«

Der Mann lachte und schob die Schublade mit unserem Geld kurz wieder zu uns und dann wieder zu sich herüber. Dann schüttete er das viele Kleingeld in den Trichter seiner Geldzählmaschine.

»37 Euro und 30 Cent«, verkündete der Kassierer.

»Stimmt!«, rief ich.

Zum Schluss bekamen wir noch eine Quittung.

»Vielen Dank«, brüllte Sami durch die Scheibe. »Und grüßen Sie die Giraffen!«

Der Kassierer runzelte ratlos die Stirn. »Welche Giraffen?«

Sami kniff die Augen zusammen und sog die Lippen ein, wie immer, wenn er irgendetwas sehr verdächtig findet. »Bist du wirklich sicher, dass der Mann da unser Geld nach Afrika bringt?«, flüsterte er mir zu. »Vielleicht kauft er sich davon ja Zigaretten.«

»Er bringt es nicht selber hin«, erklärte ich. »Aber es kommt bestimmt an, mach dir keine Sorgen.«

Mit dem Erfolg meiner Rettungsaktion für die Giraffen war ich sehr zufrieden. Zwar waren die anderen Tiere von unseren Eltern jahrelang betrogen worden, was mir besonders für die Wale sehr, sehr leidtat (wegen ihnen hatte ich damals lange geweint), aber immerhin bekamen Samis Giraffen nun ein bisschen Unterstützung. Er ahnte zum Glück nichts davon, dass Mama und Papa das Schicksal von Tieren in Not in Wirklichkeit egal war.

Am nächsten Tag fragte ich Onkel Kurt auf unserer Heimfahrt im Taxi: »Glaubst du, dass man einen Fehler im Universum fast immer korrigieren kann?«

Onkel Kurt schaute im Rückspiegel zu mir nach hinten – ich saß immer auf der Rückbank, weil das ein viel tolleres Taxifahrgefühl ist, da kommt man sich vor wie ein richtiger Fahrgast. »Meinst du so was wie explodierende Sonnen und schwarze Löcher?«, fragte er.

»Nein, ich meine alles, was irgendwie falsch oder schlimm ist.«

Onkel Kurt lachte. »Was glaubst du wohl, wie lange Menschen schon probieren, solche Fehler zu korrigieren!«, sagte er. »Schon seit es uns Menschen gibt, versuchen wir es.«

»Und klappt es?«, fragte ich.

Onkel Kurt dachte nach. »Manchmal. Und manchmal auch nur für eine gewisse Zeit. Zum Beispiel, als man ein Mittel gegen Bakterien erfand und viele Menschen dadurch geheilt werden konnten. Aber inzwischen funktionieren diese Medikamente nicht mehr so gut, weil die Bakterien sich verändert haben. Also muss man wieder von vorne anfangen.«

»Mist«, sagte ich.

»Und es gibt auch noch ein anderes Problem.«

»Was für eins?«

»Wer sagt uns denn, woran man einen Fehler im Universum erkennt?«

»Das merkt man doch!«, rief ich.

»Aber da kann man ja sehr unterschiedlicher Meinung sein«, fuhr Onkel Kurt fort. »Einer findet es vielleicht wichtig, auf den Mond zu fliegen, und ein anderer findet es wichtiger, seine Katze zu füttern.«

»Aber ...«

»Und frag mal deinen Religionslehrer. Der sagt dann vielleicht, dass Gott sowieso keine Fehler macht ...«

Ich dachte immer noch darüber nach, wie man erkennt, was richtig und was falsch ist, als ich nach Hause kam. Während ich mir die Schuhe auszog und die schwere Schultasche vom Rücken wuchtete, merkte ich gleich, dass irgendwas nicht stimmte, denn Sami war laut am Heulen und dazwischen hörte ich Mamas Geschimpfe. Ihre Stimme überschlug sich und klang total kreischig, wie immer, wenn sie richtig wütend wird.

Ich seufzte und ging in die Küche.

»Matti!«, rief Mama, kaum dass ich zur Tür hereinkam. Sie hielt das leere Kleingeldglas hoch. »Was ist das hier bitte?«

Sami hatte den anderen Kindern aus der Froschgruppe dummerweise erzählt, dass wir bei der Bank gewesen waren. Und als Mama ihn vom Kindergarten abholte, hatten drei der Frösche ihr die Hand geschüttelt und gesagt, wie toll sie es fänden, dass Sami den Giraffen half.

»Seit wann klaust du mir Geld?«, brüllte Mama.

Ich spürte sofort sehr deutlich, dass es sich um einen Fehler im Universum handeln musste, und zwar um einen großen.

»Das war kein Klauen!«, brüllte ich wütend zurück. »Ihr habt mir erzählt, dass ihr seit Jahren für die Tiere spendet, und das war gelogen. Gar nichts habt ihr gespendet!«

»Du und deine Tiere! Wir haben hier wirklich andere Sorgen, Matti!«

»Die aaaaarmen Giraaaaaffen!«, jammerte Sami dazwischen.

Da öffnete sich die Tür und Papa kam herein. Wahrscheinlich hatte er wieder im Computerzimmer gesessen und fand, dass man bei diesem Geschrei unmöglich über neue Handyspiele nachdenken konnte.

»Dein Sohn klaut Geld«, beschwerte sich Mama. »Sag bitte mal was dazu, Sulo!«

Mama und Papa streiten niemals über Geld, und ich habe herausgefunden, dass der Grund dafür ein sehr einfacher ist: Wenn Mama versucht, mit Papa über Geld zu sprechen, sagt Papa einfach nichts. Über Geld redet er nicht.

»Jussi und Marja kommen morgen Abend zum Essen«, sagte Papa und wollte schon wieder in sein Zimmer zurückgehen.

»WIE BITTE?«, rief Mama. »Dein Bruder Jussi? Aus Finnland? Aber ... Und wo *wohnen* sie bitte? Doch hoffentlich nicht hier!«

»Sie wohnen im Hotel«, sagte Papa. »Übermorgen

fahren sie weiter nach München, zu Marjas Eltern.«
Dann verließ er die Küche.

Mama war so verdutzt, dass sie einen Moment lang
nur ratlos dastand, und ich wunderte mich ehrlich gesagt auch, denn Onkel Jussi hatte uns bisher noch nie
besucht. Sami und ich kannten ihn überhaupt nicht.

»Wir krie-gen Besu-huch, wir krie-gen Besu-huch!«,
krähte Sami begeistert.

»Über das Geld reden wir noch«, sagte Mama zu mir.

»Über Geld rede ich nicht«, sagte ich und verließ
ebenfalls die Küche.

Ich beschloss, einen Blick auf die Hausaufgaben zu
werfen, und schleppte die Schultasche in mein Zimmer.
Als ich an der Tür des Computerraums vorbeikam, hörte ich, wie Papa drinnen laut und deutlich »*Matti?*« sagte, und blieb stehen.

»Ja?«

»*Komm rein.*«

Ich öffnete die Tür. »Du meinst, wirklich *rein?*«

»Ja.« Papa zog einen Hocker, den ich noch nie gesehen hatte, unter seinem Schreibtisch hervor. Dann be-
freite er eine kleine quadratische Fläche des Fußbodens
von Papieren und Büchern und stellte den Hocker dort
hin. »Mach die Tür hinter dir zu und setz dich.«

Ich machte einen großen Schritt über einen Papierstapel, schloss die Tür und nahm auf dem Hocker Platz.

Er drückte seine Zigarette aus und sah mich an. Dann holte er wortlos die leere Zigarettengeld-Schachtel hervor und klappte sie auf.

»Na ja ...« Ich wusste nicht so recht, was ich sagen sollte, aber Papa wartete geduldig ab, bis mir die richtigen Worte einfielen. Abwarten kann er wirklich gut. Also erklärte ich ihm, dass ich es falsch fand, dass er und Mama mir damals erzählt hatten, sie würden für die Tiere spenden, obwohl es gar nicht stimmte. Und dass er sich um das Zigarettengeld keine Sorgen zu machen bräuchte, weil wir es für einen guten Zweck gespendet hätten, nämlich für Giraffen in Not.

Während ich redete, hob sich Papas rechter Mundwinkel ein kleines bisschen, sodass es fast aussah wie ein Lächeln.

Dann holte er sein Portemonnaie aus der Hosentasche und gab mir einen Fünfzigeuroschein. »Hier. Den dürft ihr auch noch spenden«, sagte er. »Für welche Tiere ihr wollt.«

Ich starrte erst ihn und dann den Geldschein an.

»Aber sag Mama nichts davon. Und jetzt raus mit dir.«

Mit dem Geldschein in meiner Hosentasche verließ ich verdutzt das Zimmer. Manchmal macht Papa echt komische Sachen. Und immer wenn er den Mundwinkel hebt, kommt es mir plötzlich so vor, als ob wir uns total ähnlich sehen. Das finde ich irgendwie gut. Eigentlich könnte er ruhig öfter mal den Mundwinkel heben ... Oder sogar beide.

6

Tagsüber fuhr Papa meistens den Dreiundsechziger, der durch fünf kleine Ortschaften zuckelt und dabei an jeder Ecke hält. Wenn er Frühdienst hatte, konnte es auf dieser Strecke theoretisch passieren, dass Turo bei ihm ein paar Stationen bis zum S-Bahnhof mitfuhr. Komischerweise begegneten sich die beiden aber nur selten. Und wenn, dann passierte eigentlich gar nichts.

Turo hatte mir irgendwann erzählt, wie er Papa im Dreiundsechziger zum ersten Mal getroffen und ihn auf Finnisch begrüßt hatte. Und dass mein Vater damals nur genickt und keinen Ton gesagt hätte. Wahrscheinlich war er es einfach nicht mehr gewohnt, während der Arbeit zu sprechen. Ganz früher, als es in den Bussen noch keine Leuchtschriftanzeige gab, musste er jede Haltestelle durch sein Mikrofon ansagen. (Manchmal vergaß er es auch.) Bis dann die Anzeigetafeln mit der Leuchtschrift eingebaut wurden. Seitdem brauchte Papa nur noch in Ausnahmefällen was durchzusagen, Sätze wie »Achtung, nicht an die Tür lehnen!« oder »Die Rollstuhlrampe wird ausgefahren« zum Beispiel. Den Rest der Zeit schwieg er, wie fast immer.

Nach Dienstschluss parkte er den Bus im Betriebshof und radelte mit seinem »kleinen Elch« nach Hause, selbst bei Regen oder Schnee. Sogar wenn die Straßen völlig vereist waren – an solchen Tagen fuhr er mit Spikes-Reifen. Und bei Regen hatte er einen Plastikumhang, der aussah wie ein gelbes Zelt.

Als ich an dem Tag, als Onkel Jussi uns besuchen wollte, von der Schule kam, stand Papas kleiner Elch schon in dem verrosteten Fahrradständer neben der verpinkelten Sandkiste. Also musste Papa zu Hause sein, obwohl er eigentlich ja Frühschicht hatte.

Bereits im Flur schlug mir ein wunderbarer Duft entgegen, den ich nie zuvor gerochen hatte. Irgendetwas Leckeres, das gebacken wurde.

In der Küche öffnete Papa gerade die Ofentür und zog das Blech heraus. Er hatte sich Mamas geblümte Schürze umgebunden und trug die dicken Ofenhandschuhe.

»Was machst du denn da?«, fragte ich verdutzt.

»Karelische Piroggen«, sagte Papa.

»Was ist das?«

»Eine finnische Spezialität.«

Papa hatte tatsächlich mit einem Kollegen die Schicht getauscht, um für Jussi und Marja zu backen! Piroggen sind Teigtaschen, die aussehen wie winzige Schlauchboote, gefüllt mit Milchreis, der lustigerweise aber nicht süß schmeckt, sondern salzig.

Ich hörte unsere Wohnungstür zuklappen und im nächsten Moment kam Sami in die Küche gerast.

»Was riecht da so lecker?«, rief er.

Mama fielen fast die Augen aus dem Kopf, als sie hereinkam und Papa mit dem Backblech sah.

»Oh, Sulo ...«, seufzte sie begeistert und kostete die Pirogge, die Papa ihr reichte. »Das ist ... Das ist ... hmmm, lecker!«

Papa hob einen Mundwinkel.

»Und was gibt es dazu?«

»Wurst«, sagte Papa. Wurst isst er am allerliebsten, genau wie Sami und ich.

»Jaaa, nicht schlecht«, sagte Mama vorsichtig. »Aber lass uns für deinen Bruder doch lieber was Besonderes machen. Was mag er denn so?«

»Wurst«, sagte Papa.

Also war die Sache klar.

Papa ging auf den Balkon, um seinen geliebten Grill anzuwerfen und zwanzig Würste zu grillen. Und Mama machte Kartoffelsalat und Nudelsalat. Ich deckte den Tisch, und Sami flitzte die ganze Zeit durch die Wohnung und holte irgendwelche Kleinigkeiten aus der Küche, die ich vergessen hatte: einen Löffel, ein Glas, Pfeffer und Salz. Es war das erste Mal seit langer Zeit, dass wir alle vier etwas zusammen machten. Jeder hatte gute Laune, und ich weiß noch, dass ich in diesem Moment dachte: Warum machen wir so was nicht viel öfter? Sami sang sogar! Das tut er nur, wenn es ihm richtig gut geht.

Jussi und Marja kamen, als die letzten fünf Würste fast fertig waren. Zuerst hörte ich nur Onkel Jussis donnerlaute Stimme im Flur, und als er das Wohnzimmer betrat und mich angrinste, sah ich, dass er ein Riese war. Papa ist ja schon ziemlich groß, aber Onkel Jussi ist noch größer und nicht so dünn und blass, sondern kräftig. Mit einer gesunden Gesichtsfarbe und kurzem Stoppelhaarschnitt. Breitbeinig wie ein Ringer stakste er auf mich zu, hob seinen rechten King-Kong-Arm und schüttelte mir mit seiner Pranke die Hand.

»*Terve*, Matti!«, rief er. »*Onko täällä saunaa?*«

»Was?«, fragte ich verwirrt.

Tante Marja kam lachend herein. Sie war ziemlich klein und zierlich, hatte knallrot gefärbte kurze Haare und trug auf der Nase eine kleine schwarze Hornbrille, über die sie meistens rüberguckte.

»Er hat gefragt, ob es hier eine Sauna gibt ... Matti und Sami sprechen kein Finnisch, Jussi. Sprich deutsch!«

Onkel Jussi konnte kaum glauben, dass ich kein Finnisch kann. Und als ich ihm erklärte, wir hätten keine Sauna, brach ein tosender Wortwasserfall aus ihm hervor, und er rannte sofort zu Papa und sagte irgendwas mit *miksi* und *sauna,* worauf Papa bloß mit den Schultern zuckte.

»Tag«, begrüßte Sami Tante Marja.

»Hallo, Sami«, sagte sie und strich ihm über seine blonden Haare. »Du hast ja dieselbe Frisur wie Sami Hyypiä!«

»Ja, und auch genau dieselbe Haarfarbe!«

»Haar-genau«, kicherte Tante Marja.

Ich mochte sie sofort. Vielleicht liegt es ja daran, dass sie auch nur zur Hälfte finnisch ist, genau wie Sami, Turo und ich. Vielleicht verstehen Halbfinnen andere Halbfinnen ja besser als Finnen andere Finnen oder Deutsche andere Deutsche. Als Kind hatte Tante Marja lange in Bayern gelebt, wo ihr Vater herkam – das hörte man manchmal noch, wenn sie deutsch sprach.

»Mei!«, sagte sie, als sie auf den Balkon hinausschaute, wo Papas Würste brutzelten.

»Nee, April«, sagte Sami, worauf Tante Marja schallend lachte und »*Du* bis mia oaner!« sagte.

Es wurde ein wirklich lustiger Abend. Während wir Piroggen und Grillwurst verdrückten, erzählte Onkel Jussi halb auf Deutsch und halb auf Finnisch von seiner Waldarbeit in Finnland. Er und Tante Marja wohnten in der Nähe von Puumala, auf dem Hof eines Waldbauern namens Heikki Mäkinen, dem unheimlich viel Land gehörte. Dort fällte Onkel Jussi jeden Tag mit vielen anderen Waldarbeitern Bäume und zersägte sie zu Bohlen und Brettern und Rundhölzern. Das meiste Holz wurde weiterverkauft, aber aus einem Teil machten sie selber Gartenmöbel oder große Kisten oder Brennholz.

»Er ist ein richtiger *jätkä*, euer Onkel Jussi!«, sagte Tante Marja ganz verliebt und klimperte Jussi mit ihren schwarz geschminkten Wimpern an.

»Jaja, das wissen wir schon«, sagte Papa und goss sich einen Wodka ein.

»Was ist denn ein *jätkä*?«, fragte ich.

»Ein Kerl«, erklärte Tante Marja. »Ein staaarker Waldarbeiter-Kerl.«

»Juodaan perseet olalle!«, brüllte Jätkä Jussi und hob sein Wodkaglas. »Das heißt auf Deutsch ... Was heißt das denn, *kulta?*«

Aber Tante Marja sagte, so was könnte man unmöglich übersetzen, wenn Kinder am Tisch säßen. Sami und ich protestierten, doch leider ließ sie sich trotzdem nicht dazu überreden.

Nach der dritten Wodkarunde wurde es noch lustiger, als Onkel Jussi uns eine spannende Geschichte von früher erzählte. Er und Papa hatten den alten Mäkinen schon als Kinder gekannt und damals immer auf seinem Hof gespielt. Und später, als sie schon älter waren und Jussi im Sommer auf dem Holzhof half, fackelte Papa eines Tages aus Versehen die Lagerhalle ab ...

»Nein!«, rief Mama erschrocken. »Das wusste ich ja gar nicht!«

»Hör schon auf, Jussi«, brummte Papa und biss sich auf die Lippen.

»In dieeeser Haaalle«, flüsterte Onkel Jussi mit Grabesstimme und guckte dabei mich und Sami an. »In dieeeser Haaalle hat sich euer Papa damals seine erste Zigarette angezündet!«

Mama versuchte Sami die Ohren zuzuhalten, aber Sami kniff sie in die Hände.

»Und dann warf er das Streichholz weg, es ist gelandet in Sägespäne, und es gab ein wiiinzig kleines Feuer ...«

Papa hob einen Mundwinkel.

»Aber euer Papa, ganz schlau, denkt: Feuer macht nichts, kann man ja löschen.« Onkel Jussi gluckste.

»Also Sulo geht und holt Kanister mit Wasser. Aber dumm: Er gießt ... und wuuuuuusch ...«

Papa hob beide Mundwinkel.

»... das Feuer wird riesengroß ...«

Papa fing plötzlich an zu lachen, was ich ehrlich gesagt noch nie erlebt hatte.

»... weil Kanister ist nämlich Benzinkanister ...«

»WAS?«, rief Mama.

»... und Sulo läuft lieber mal raus aus der Halle und sagt zu Heikki Mäkinen: ›Da brennt was‹ ... Und Heikki fragt ›Wo denn?‹, und dreht sich um und genau in dem Moment ... BUUUUMM! ...«

Onkel Jussi schlug mit der Hand auf den Tisch, dass die Gläser klirrten, und lachte donnernd. Mama und Tante Marja kreischten und quiekten.

»... fliegt das ganze Ding in die Luft!«

Papa kullerten Tränen über beide Wangen. »Aber es

war ein wunderschönes Feuer!«, prustete er und rieb sich die Augen. »Wirklich ein ganz, ganz wunderschönes Feuer!«

»Jaaa. Mit viel, viel Brennholz!«, grölte Jussi, der schon ganz rot im Gesicht war, und dann lachten die beiden noch viel lauter.

Sami guckte zu mir rüber und tippte sich an die Stirn.

Nachdem sich alle wieder etwas beruhigt hatten, schenkte Onkel Jussi sich nach und sagte: »Damals dachte ich, ich bekomme nie wieder Arbeit bei Heikki, aber jetzt hat er mich zu seinem Nachfolger ernannt. Ich werde der neue Boss vom Holzhof und ab nächster Woche wohnen wir übrigens vorne im Haupthaus, *kulta*.« Er blickte Tante Marja an.

»Oh, Jussi!«, seufzte sie begeistert.

Einen Moment lang herrschte Schweigen. Dann stand Papa auf, nahm einen kleinen Löffel und schlug damit an sein Wodkaglas.

»Ich habe auch etwas zu verkünden!«, sagte er, und ich merkte, dass er ein klitzekleines bisschen schwankte, was wohl am Wodka lag. »Etwas, was ich eigentlich noch nicht verraten darf. Ich habe eine Stelle angeboten bekommen, von einem ausländischen Handyhersteller. Sie wollen meine Spiele haben und bezahlen ein fantastisches Gehalt. Wir werden ins Ausland ziehen und dort in einem Haus an einem See wohnen.«

Mama, Sami und ich machten große Augen.

»Aber ...«, sagte Mama. »Ins Ausland? Wie meinst du denn das? Wohin denn?«

»In die Schweiz«, erklärte Papa und setzte sich wieder.

»Schön«, brummte Jussi und schenkte sich nach.

»In einem Haus«, seufzte Mama völlig überwältigt. »An einem See ... Oh, Sulo!«

7

Mama, Sami und ich konnten unser Glück kaum fassen. Von einem Haus am See hatte Mama schon seit Jahren geträumt, und ich hatte schon seit Jahren davon geträumt, dass Papa mit seinen Handyspielen eines Tages ganz groß rauskommen würde und dann nie wieder Bus fahren musste.

»Wir ziehen um, wir ziehen um!«, sang Sami und hüpfte durch das Wohnzimmer.

Mama holte Sekt und Orangensaft und dann stießen wir alle auf die guten Neuigkeiten an.

Später wollte Sami noch wissen, wie lange man braucht, um einen Baum zu fällen, und Onkel Jussi sagte »neun Sekunden«, weil er dafür nämlich eine Maschine hat, mit einem Führerhaus, so ähnlich wie ein Bagger. »Vollernter« nennt man solche Maschinen, und sie können Bäume nicht nur in null Komma nichts fällen, sondern hinterher auch noch schnell alle Äste und die Rinde abschneiden und die Stämme in kleine Stücke zersägen.

»Das würd ich gern mal sehen«, sagte Sami.

»Komm nach Finnland, dann zeig ich's dir«, sagte Onkel Jussi.

Wir schauten Papa erwartungsvoll an.

»Das«, sagte er, »wird wohl erst mal schwierig. In der nächsten Zeit müssen wir ja umziehen und ich muss mich im neuen Job einarbeiten und krieg bestimmt auch nicht so schnell Urlaub.«

»Natürlich, das verstehe ich«, sagte Onkel Jussi.

Turo war von der Nachricht, dass wir aus Deutschland wegziehen würden, überhaupt nicht begeistert. »In die Schweiz?«, sagte er, als ich ihm am nächsten Tag im Bus davon erzählte. »Was für ein Riesenmist. Weißt du, was das bedeutet? Dass wir uns wahrscheinlich nie mehr wiedersehen!«

Ehrlich gesagt hatte ich darüber gar nicht so genau nachgedacht. »Aber wir können uns doch besuchen!«

»Ja, toll. Einmal im Jahr vielleicht.«

Turo ließ den Kopf hängen und schwieg den Rest der Fahrt über.

In der zweiten Stunde sollten wir bei Frau Thiele in

Deutsch einen Aufsatz schreiben. Das Thema, das an der Tafel stand, lautete: »Was sich in meinem Leben gerade ändert.«

Normalerweise schreibe ich nicht so gerne Aufsätze, aber diesmal fiel mir total viel ein, und als die anderen schon fertig waren, schrieb und schrieb ich immer noch.

»Das reicht jetzt, Matti«, sagte Frau Thiele schließlich und nahm mir einfach mitten im Satz den Stift aus der Hand. »Es soll ja ein Aufsatz sein und kein Roman. Aber wenn dir das Thema so gut gefallen hat, dann komm doch nach vorn und lies ihn uns vor.«

Also ging ich nach vorn und las meinen Aufsatz vor:

Was sich in meinem Leben gerade ändert
von Matti Pekkanen

Alles. Wir ziehen nämlich in ein anderes Land, in die Schweiz. Dort wohnen wir dann nicht mehr in einem Hochhaus, sondern in einem großen Haus an einem See. Ich habe mir immer schon ein Schlauchboot gewünscht, aber meine Eltern haben immer gesagt, dass es doch albern wäre, ein Schlauchboot zu kaufen, wenn kein Wasser in der Nähe ist, obwohl es in der Nähe von unserer Siedlung einen Ententeich gibt.

Aber wenn man an einem See wohnt, lohnt sich ein Schlauchboot auf jeden Fall, also bin ich sicher, dass ich bald eins kriege.

Mein Bruder Sami sollte in diesem Jahr nach den Sommerferien eingeschult werden, in unsere Ludwig-Erhard-Grundschule. Aber nun kommt er in der Schweiz in die Schule und freut sich total, dass wir umziehen. Mein Vater war früher Busfahrer, aber jetzt ist er Handyspiele-Erfinder und arbeitet bei einer großen Firma, die ihm viel Geld bezahlt. Vielleicht wird er sogar berühmt. Und meine Mutter kann in einer neuen Praxis arbeiten, wo es nicht so stressig ist wie in der alten. Abends werden wir am See sitzen und zugucken, wie die Sonne untergeht. In dem großen Haus hat mein Vater unten im Keller ein Computerzimmer, dort sitzt er bis spät in die Nacht und denkt sich neue Spiele aus. Und ich bekomme endlich ein eigenes Zimmer, weil in dem Haus ja genug Platz ist. Dann müssen mein Bruder und ich nicht mehr streiten, wer oben schläft und wer

»Das war's«, sagte ich.

Die Klasse klatschte.

»Das sind ja wirklich sehr große Veränderungen«,

sagte Frau Thiele. »In welchem Teil der Schweiz werdet ihr denn wohnen?«

Ich hatte gar nicht gewusst, dass es mehrere Teile gibt. »In dem mit dem See«, sagte ich und setzte mich wieder auf meinen Platz.

Frau Thiele lachte. »Seen gibt es dort viele. Und drei verschiedene Sprachen, eigentlich sogar vier. In einem Teil der Schweiz spricht man Deutsch, in anderen Teilen Französisch oder Italienisch, und dann gibt es noch kleinere Gebiete, wo Rätoromanisch gesprochen wird.«

»Oh«, sagte ich. »Dann hoffe ich, dass wir im deutschen Teil wohnen.«

Turo guckte schon wieder, als würde die Welt untergehen. Er hatte als Einziger nicht geklatscht, als ich den Aufsatz vorgelesen hatte. »Über mich hast du gar nichts geschrieben«, sagte er leise.

»Was hätte ich denn schreiben sollen?«, zischte ich genervt.

»Schon gut.«

Am Ende der Stunde rief Frau Thiele mich zu sich und riet mir, am besten bald ins Sekretariat zu gehen und dort Bescheid zu sagen, dass meine Eltern mich von der Schule abmelden würden.

Als Turo und ich nach Schulschluss zum Taxi liefen,

zupfte Turo mich am Ärmel und blieb stehen. »Matti«, sagte er. »Hast du deine Eltern schon gefragt, ob du im Sommer mitkommen darfst? Wenn du danach wegziehst, wär's doch doppelt toll, wenn wir in den Ferien was zusammen machen.«

»Stimmt«, sagte ich. »Ich frag, versprochen, Turo. Sollen wir dich heute wieder mitnehmen?«

»Nein, meine Mutter holt mich ab. Tschüss, Matti.«

»Tschüss, Turo.«

Onkel Kurt staunte, als ich ihm von unserem Umzug in die Schweiz erzählte.

»Was? Dann wohnt meine kleine Schwester (er meinte Mama) ja gar nicht mehr in meiner Nähe. Und mein großer Neffe (er meinte mich) auch nicht. Wie schade. Freust du dich denn?«

»Ja!«, rief ich begeistert. »Ich finde es total toll. Besonders, dass wir in einem großen Haus am See wohnen.«

»An einem See?«, sagte Onkel Kurt. »Das klingt aber teuer. Wo will dein Papa dieses Haus denn herkriegen?«

»Von der Firma, für die er arbeitet. Die schenkt es ihm, glaub ich.«

»Aha?«, sagte Onkel Kurt und warf mir im Rückspiegel einen komischen Blick zu. »Das ist aber eine nette Firma.«

Zu Hause saß Mama in der Küche vor einer Kaffeetasse und starrte Löcher in die Luft. Offenbar war sie gerade erst aus der Praxis gekommen, denn sie hatte immer noch ihre Jacke an.

»Hallo, Mama. Wo ist denn Sami?«

»Bei einem Froschfreund«, krächzte sie. Ihre Stimme klang komisch, und jetzt erst fiel mir auf, dass sie ganz rote Augen hatte.

»Hast du wieder Ärger in der Praxis?«

»Nein, mit deinem Vater. Wegen seinem verdammten Märchen mit dem Haus am See!« Ihre Augen füllten sich mit Tränen, und sie kramte ein Taschentuch aus ihrer Jacke hervor, um sich die Nase zu putzen.

Mir wurde mulmig. »Heißt das, dass Papa das Haus doch nicht von der Firma kriegt? Weil es zu teuer ist?«

Sie schlug wütend mit der flachen Hand auf den Tisch. »Von wegen zu teuer!«, rief sie. »Er hat das alles nur erzählt, um sich vor Jussi aufzuspielen! Und ich hab ihm geglaubt!«

Ich starrte sie an. »Du meinst ... Wir ziehen gar nicht um?«

Mama schüttelte schniefend den Kopf und knüllte ihr Taschentuch zusammen.

Ich glaubte es einfach nicht. Das Erste, was mir einfiel, war das Abmeldeformular in meiner Schultasche. Turo und ich waren nach dem Unterricht noch schnell ins Sekretariat gegangen und hatten es geholt.

»Das kann nicht stimmen, Mama«, sagte ich. »Warum soll Papa denn so was erzählen?«

Mama stand auf, zog umständlich ihre Jacke aus und warf sie über den Stuhl. Dann trank sie den letzten Schluck Kaffee und stellte Tasse und Untertasse scheppernd in die Spüle.

»Es stimmt aber«, sagte sie. »Dein Vater und dein Onkel Jussi haben da irgend so einen blöden Wettstreit am Laufen, schon seit Ewigkeiten. Jeder will besser sein als der andere. Und Papa beschwert sich dauernd, dass sein Vater Onkel Jussi immer schon viel lieber mochte als ihn ...«

Von Opa Pekkanen wusste ich nur, dass er sehr viel trank, weil seine Frau so früh gestorben war. Und dass er nach ihrem Tod nach Helsinki gezogen war und dort in einer winzig kleinen Wohnung wohnte.

»Wieso?«

»Ach, was weiß denn ich«, schimpfte Mama und

knallte einen Topf auf den Herd, um Nudelwasser auf-zusetzen. »Wahrscheinlich, weil Jussi so ein *jätkä* ist ...«

Ich schlich in mein Zimmer.

Kein Schlauchboot. Kein Haus am See. Keine Schweiz. Weder der deutsche noch der französische noch der italienische Teil. Keine Handyspiele. Kein Umzug.

Mir war zum Heulen. Und als Papa nach Hause kam, weigerte ich mich, in die Küche zu gehen und mit ihm und Mama zusammen Abendbrot zu essen.

Sami war immer noch bei seinem Froschfreund. Die Froschmutter hatte angerufen und gefragt, ob er bei ihnen übernachten dürfte, und ich war ganz froh darüber, weil ich mal allein in unserem Zimmer war und in Ruhe nachdenken konnte.

Papas Märchen von der Schweiz war ein Riesenfehler, der mein Universum durcheinanderwirbelte. Und an diesem Abend lag ich lange wach und grübelte darüber nach, wie man so einen Fehler korrigieren konnte. Aber mir fiel nichts ein.

8

»Na, Matti«, fragte Frau Thiele am nächsten Tag im Deutschunterricht, »weißt du denn jetzt, in welchen Teil der Schweiz ihr zieht?«

Zum Glück hatte ich abends noch schnell einen Blick in den Atlas geworfen. »In den deutschen«, sagte ich. »In die Nähe von Zürich.«

»Ach, Zürich, wie nett«, sagte Frau Thiele. »Da wohnt meine Tante. Sie macht Stadtführungen. Ihr könnt sie gerne anrufen, wenn ihr da seid.«

»Oh, äh, danke.«

In der großen Pause nervte mich Turo schon wieder damit, ob ich meine Eltern wegen der Ferien gefragt hätte.

»Ja, habe ich«, hörte ich mich sagen. »Daraus wird aber leider nichts, weil wir kurz nach Ferienbeginn umziehen und so viel zu tun haben. Es gibt noch eine Menge zu renovieren, besonders im Bad. Da kommt eine neue große Badewanne rein.« Keine Ahnung, warum ich ihm all das erzählte, es kam einfach so aus mir heraus. »Aber mal sehen, vielleicht kannst du uns dann ja in den Herbstferien besuchen. In der Schweiz gibt es auch nicht so viele Mücken wie in Finnland. Und dann können wir mit meinem Schlauchboot über den See fahren ... Oder mit unserem Schnellboot«, plapperte ich weiter. »Mein Papa verdient demnächst ja sehr viel Geld, dann kauft er sich bestimmt ein Schnellboot, das wollte er immer schon gern haben.«

Ich merkte, dass irgendwas nicht stimmte, denn Turo hatte den Mund aufgerissen und guckte mich so komisch an.

»Was glotzt du denn so doof?«, fragte ich ärgerlich.

»Mann, Matti«, sagte er kopfschüttelnd. »Ich hab gar nicht gewusst, was für ein Angeber du bist.« Und dann drehte er sich einfach um und ließ mich stehen.

»Wo ist denn dein Freund?«, erkundigte sich Onkel Kurt, als ich nach der Schule in sein Taxi stieg. »Nehmen wir ihn heute nicht mit?«

»Nein, der wird von seiner Mutter abgeholt«, log ich. In Wirklichkeit war Turo nach dem Unterricht, ohne sich zu verabschieden, sofort losmarschiert, um rechtzeitig an der Bushaltestelle zu sein.

Onkel Kurts Taxi glitt schnittig um die nächste Ecke.

»Ich glaube, du irrst dich«, sagte er. »Dahinten läuft er doch. Ich halt mal schnell an ...«

»Nein!«, blaffte ich. »Wenn er lieber laufen will, dann soll er eben laufen!«

»Schon gut, schon gut, wie du meinst«, beruhigte mich Onkel Kurt.

Ich warf einen raschen Blick zur Seite, als wir an Turo vorbeifuhren. Er hatte den Blick starr geradeaus gerichtet, und seine Hände umklammerten die beiden Riemen seiner Schultasche, auf der vorne ein Rentierabziehbild klebte.

Onkel Kurt und ich schwiegen eine ganze Weile, was wir sonst eigentlich nie taten.

»Hast du Ärger?«, fragte er schließlich.

»Nein, hab ich nicht. Aber sag mal: Wenn jemand gelogen hat ...«

»Aha?«, machte Onkel Kurt und sah mich im Rückspiegel an.

»Aha? Was heißt denn aha?«

»Nichts. Nur so.«

»Also: Wenn jemand anders gelogen hat und ich dann

auch lüge, damit niemand merkt, dass der andere gelogen hat ... Was ist das dann?«

»Wenn ich das richtig verstanden habe, sind das dann schon zwei Lügen«, sagte Onkel Kurt und schaltete den Blinker ein.

»Genau. Aber ist die zweite genauso schlimm wie die erste?«

Onkel Kurt erklärte mir, dass Lügen schneller wachsen als Bambuspflanzen. (In Mamas Lexikon steht: Bambus wächst einen Meter pro Tag!) So schnell, dass man sehr rasch nicht mehr sieht, wo sie hinführen. Das wäre das Schlimme daran und nicht, wer zuerst lügt und wer als Zweiter. Deswegen, meinte er, sollte man die Lügerei lieber bleiben lassen, weil man sonst nur einen Haufen Ärger kriegt. Den hatte ich ja schon, also schien Onkel Kurts Theorie zu stimmen. Anderseits konnte ich Frau Thiele, meiner Klasse und Turo doch unmöglich sagen, dass mein Vater ein Lügner war. Die ganze Sache war einfach viel zu peinlich, und ich ärgerte mich, dass ausgerechnet ich beim Aufsatzvorlesen drangekommen war.

Als ich aus dem Taxi stieg, wollte Onkel Kurt noch wissen, wann genau wir eigentlich in die Schweiz ziehen würden.

»Das ist noch nicht ganz klar, tschüss, bis morgen«, sagte ich und warf schnell die Wagentür zu.

Es war noch niemand zu Hause. Ich setzte mich in die Küche, schlug Turos Prospekt auf, der immer noch auf dem Tisch lag, und betrachtete das kleine Ferienhaus in Haukivuori, dem weltberühmten Ort des Sumpfvolleyballs. Das wirklich existierende *mökki,* in dem ich so gern mit Turo die Sommerferien verbracht hätte. Stattdessen hatte ich Idiot ihn für die Herbstferien in ein Haus eingeladen, das es gar nicht gab.

Weiter hinten entdeckte ich ein kleineres Foto von einem wunderschönen Holzhaus, das auch an einem See lag. Und am Ufer vor dem Haus war ein großes, rotes Schlauchboot zu erkennen, genau so eins, wie ich es mir immer schon gewünscht hatte.

Etsitään talonmiestä kahdeksi kuukaudeski.
Asunto ilmainen.
Palkka: 700 €

stand über dem Bild. Bedeutete das etwa, dass das ganze Haus 700 Euro kostete? Oder kostete es 700 Euro, wenn man es mietete? Ich nahm mir vor, Turo danach zu fragen. Wenn die Häuser dort so billig waren, konnten Mama und Papa ja vielleicht eins kaufen, das nicht weit von Turos Ferienhaus entfernt lag.

Aus dem Flur hörte ich Mamas Stimme, die gerade vom Einkaufen nach Hause kam: »Maaatti, trag mal ein paar Tüten rein!«

Während sie ihre Jacke aufhängte, trug ich die Tüten in die Küche. Dann hielt ich ihr den Finnland-Prospekt mit dem Mökkifoto unter die Nase.

»Schön!«, sagte sie und riss die Schränke auf, um die Sachen einzuräumen.

»Das ist Turos Ferienhaus in Finnland«, erklärte ich. »Seine Eltern haben gesagt, dass es ihnen wirklich nichts ausmacht, wenn ich im Sommer mitfahre.«

»Aber mir und Papa macht es was aus«, erwiderte Mama.

»Und wieso?«

»Weil wir kein Geld dafür haben, Matti. Sami kommt diesen Sommer in die Schule, da braucht er viele neue Sachen.«

»Und wenn ich zu Onkel Jussi fahre?«

»Das will Papa ganz bestimmt nicht. Außerdem müssten wir ja dann den Flug bezahlen.«

Ich ging in mein Zimmer, pfefferte den Prospekt

wütend in die Ecke und ließ mich auf das untere Bett plumpsen. Aus den Ferien in Finnland würde nichts werden, so viel stand fest.

Kurz darauf flog die Tür auf und Sami stürmte herein wie ein Kugelblitz. »He, du liegst auf meinem Bett!«, rief er, warf seinen Rucksack in die Ecke und war in der nächsten Sekunde schon wieder verschwunden.

Durch die offene Tür hörte ich die Stimme von seinem Froschfreund Timo. Und Timos Mutter, die die beiden morgens zum Kindergarten gebracht und mittags abgeholt hatte und Sami nun wieder ablieferte.

Dazwischen klingelte auch noch das Telefon. Mama ging ran, führte ein kurzes Gespräch und knallte den Hörer auf.

Sekunden später kam sie ins Kinderzimmer gestürmt und schloss die Tür hinter sich. »Sag mal, Matti, bist du jetzt vollkommen übergeschnappt? Eben hat Turos Mutter angerufen, um mir zu sagen, dass sie nichts dagegen hätten, wenn Turo uns in den Herbstferien in der Schweiz besucht. Was erzählst du denn für Lügengeschichten?«

»Papa erzählt Lügengeschichten, meinst du wohl!«, rief ich wütend. »Du hast ihr doch hoffentlich nicht gesagt, dass wir gar nicht umziehen?«

»Natürlich! Was denn sonst? Ich hab ihr gesagt, dass du da leider etwas falsch verstanden hast.«

Mir wurde schlecht. »Aber das stimmt doch gar nicht!«

»Matti, so etwas erzählt man doch nicht gleich herum. Außerdem hat Papa sehr deutlich gesagt, dass es noch geheim ist. Da bist du wirklich selber schuld«, sagte Mama. Dann drehte sie sich um und ließ mich allein.

Ich war so wütend, dass ich Bauchschmerzen bekam. Erst erzählte Papa uns Märchen, und nun war alles meine Schuld, weil ich ihm geglaubt hatte und in meinem Deutschaufsatz einfach nur geschrieben hatte, was das Thema gewesen war.

Mama war einfach total ungerecht!

Als Sami und ich abends in unseren Betten lagen, fragte ich ihn: »Wie findest du es denn, dass wir nicht umziehen?«

»Wieso?«, sagte er. »Wir *ziehen* doch um, oder?«

Ich hielt die Luft an. *Hatten Papa und Mama ihm etwa nichts davon erzählt?*

»Matti! Ziehen wir um?«

»Nein, da hast du leider etwas falsch ver... Äh, nein, das klappt leider nicht«, verbesserte ich mich.

»Oh, gut«, hörte ich Samis Stimme unter mir. »Dann kann ich noch ganz oft bei Timo übernachten. Und später gehen wir in dieselbe Schule!«

Anscheinend war Samis Universum ein anderes als meins.

»Na, dann ist ja alles gut. Nacht, Sami.«

»Nacht, Matti.«

9

Am nächsten Morgen stand kein Turo am S-Bahnhof, als ich ausstieg und zur Bushaltestelle rüberlief. Wahrscheinlich nahm er einen Bus früher oder später, nur um mir aus dem Weg zu gehen.

Im Bus musste ich an Sami denken und daran, wie er sich freute, diesen Sommer mit Timo zusammen in die erste Klasse zu kommen. Erst dadurch war mir klar geworden, dass ich Turo vor lauter Begeisterung über die Schweiz tatsächlich irgendwie vergessen hatte. Und wie gut es eigentlich war, dass ich nicht wegzog, weil wir uns dann nicht trennen mussten. Schließlich war er mein allerbester Freund. (Eigentlich sogar mein einziger.)

Ich beschloss, sofort mit ihm zu reden, aber als ich ins Klassenzimmer kam, saß er nicht an unserem Zweiertisch, sondern auf dem freien Platz neben Murat, obwohl die beiden sich nicht besonders leiden konnten.

Frau Thiele hob eine Augenbraue, als sie es bemerkte, aber sie sagte nichts.

In der großen Pause hätte ich Turo aus Versehen fast umgerannt, wodurch sich eigentlich eine gute Gelegenheit bot, um irgendwas zu sagen. Aber mir fiel einfach nicht das Richtige ein, und so schwiegen wir weiter, bis uns der Gong endlich erlöste.

An diesem Tag holte seine Mutter ihn wieder ab, und als ich zu Onkel Kurt ins Taxi stieg, fühlte ich mich so mies, dass er es sofort merkte und sich richtig nach mir umdrehte, anstatt in den Rückspiegel zu schauen, wie Taxifahrer es normalerweise tun.

»Du siehst gar nicht gut aus, Matti«, begann er. »Übrigens habe ich gestern Abend bei Mama angerufen und mich nach dieser Sache mit der Schweiz erkundigt ...«

Ich stöhnte leise auf.

»Keine schöne Geschichte ...«, fuhr er fort. »Tut mir leid, dass dein Papa so einen Blödsinn anstellt. Und dass du dich ganz umsonst gefreut hast.«

Dann ließ er den Motor an, und wir fuhren ausnahmsweise einen kleinen Umweg, nämlich an der Eisdiele vorbei, wo er mir ein Banana Split mit extra viel Schokoladensoße spendierte.

Danach ging es mir etwas besser.

Als wir wenig später vor unserer Siedlung hielten und ich ausstieg, ließ Onkel Kurt die Scheibe herunter und legte lässig seinen Ellbogen ins Fenster.

»Matti?«

»Ja?«

»Quäl dich nicht so rum und erklär deinem Freund, wie es gewesen ist. Dann ist er ganz bestimmt nicht mehr verärgert.«

Offenbar konnte Onkel Kurt Gedanken lesen.

»Ich soll ihm erzählen, dass Papa gelogen hat?«

»Ja, sollst du. Das ist kein Verrat. In so einem Fall nicht.«

»Danke. Du bist der beste Onkel der Welt!«

Der Mund unter seinem dicken Schnurrbart lächelte mich an.

»Ich weiß«, brummte er mit tiefer Stimme und ließ beide Augenbrauen tanzen. Dann hob er zum Abschied kurz die Hand und gab Gas.

Mama war schon zu Hause, und als ich ins Wohnzimmer kam, fielen mir fast die Augen aus dem Kopf, denn sie hatte den kleinen Zeitungstisch neben dem Sofa weggeräumt und dafür den alten, hohen Tisch aus dem Keller geholt. Und auf diesem Tisch stand tatsächlich ein

Computerbildschirm und Mama saß davor und klickte mit einer Maus herum!

»Ein Computer!«, rief ich begeistert. Ich hatte Mama schon tausendmal gefragt, ob ich nicht einen kriegen könnte, weil Papas PC ja heilig war und von niemandem berührt werden durfte. Aber Mama hatte mir immer erklärt, wir hätten keinen Platz und ein PC sei sowieso zu teuer.

»Ja, *endlich*«, seufzte Mama. »Meine Kollegin Britt ist doch netter, als ich dachte. Ich hab ihr heute erzählt, dass wir keinen PC haben, jedenfalls keinen für uns, und da hat sie mir einfach den alten von ihrem Mann geschenkt. Der kauft sich fast jedes Jahr einen neuen. Und sie hat ihn mir auch gleich noch angeschlossen. Ist das nicht super?«

»Ja.« Ich starrte begeistert auf den Monitor. »Darf ich den auch benutzen?«

»Natürlich«, sagte Mama. »Nachher. Im Moment schau ich grad nach einer neuen Stelle. Ich muss irgendwie aus dieser Praxis raus. Dieser Arzt ist einfach verrückt ... *Zu den Stellenangeboten*«, las sie vor. »Hä? Ja, *wo* denn?«

»Unten rechts, der grüne Button«, sagte ich.

»Ach ja.« Mamas Mauspfeil wanderte abwärts. »Danke, Matti, was tät ich ohne dich. Sei doch so lieb und kümmere dich eine halbe Stunde um Sami, ja? Dann mach ich Mittagessen.«

Sami spielte im Kinderzimmer gerade Krieg und schoss reihenweise Playmobilfiguren mit einer Kanone um. Der Teppich war ein einziges Schlachtfeld.

»Tritt nicht auf die Toten!«, schrie er, noch ehe ich einen Schritt gemacht hatte.

Ich nahm mir vor, Mama zu bitten, im Internet auch gleich mal nach einer billigen Wohnung mit zwei Kinderzimmern zu gucken. Auf Dauer ging es mir einfach auf die Nerven, mit meinem kleinen Bruder das Zimmer zu teilen. Man wusste nie, wie chaotisch es dort aussehen würde, wenn man nach Hause kam. Und außerdem hatte ich keine Sekunde meine Ruhe, nicht mal bei den Hausaufgaben.

»Mir ist langweilig«, verkündete Sami, als der letzte Plastiksoldat tot auf dem Teppich lag. »Mama hat gesagt, du machst was mit mir, wenn du von der Schule kommst.«

»Damit hat sie gemeint, dass ich dir den Mund mit Pflaster zuklebe, damit du mal eine Sekunde lang die Klappe hältst!«, knurrte ich.

»Haha.« Sami verdrehte die Augen.

Anscheinend hatte Mama vergessen, dass ich selbst ein Kind bin und kein Kinder*mädchen*.

Dann fiel mir ein, dass wir ja noch mal zur Bank gehen konnten, um Papas Fünfzigeuroschein zu spenden. Sami freute sich, aber zuerst musste er mir versprechen, Mama keinen Ton davon zu sagen, weil es sonst wieder einen Geldstreit geben würde. Er hielt sich mit beiden Händen den Mund zu und nickte.

»Und außerdem darf ich diesmal bestimmen, für welche Tiere wir spenden.«

Er nickte noch mal. Aber als wir in der Bank ankamen, machte er ein Riesentheater, weil ich für meine Wale mehr spenden wollte, als wir für seine Giraffen gespendet hatten.

Die freundliche Bankangestellte erklärte uns, dass man wahrscheinlich gar nicht so genau bestimmen konnte, welche Tiere das Geld bekamen, und dass die Hilfsorganisation die Spenden bestimmt für die Arten verwenden würde, die es gerade am dringendsten brauchten. Also schrieben wir *RETTET DIE TIERE (GIRAFFEN UND WALE UND ALLE, DIE ES BRAUCHEN)* auf unseren Einzahlungsschein und fanden diese Lösung beide ganz okay.

Als wir nach Hause kamen, saß Mama immer noch

vor dem Computer, und neben dem Bildschirm standen eine halb leere Kaffeetasse und ein Teller mit einem angebissenen Käsebrötchen.

»Ich hab Hunger!«, rief Sami.

»Bin gleich fertig«, sagte sie und hob eine Hand.

»Was machst du denn da?«, fragte ich. Auf dem Monitor war ein Haus zu sehen. Und dahinter ein See.

»Ich will ein Haus am See gewinnen«, murmelte sie ohne aufzublicken.

»Ein Haus?« Ich hatte noch nie davon gehört, dass man Häuser gewinnen kann.

»Man zahlt fünfzig Euro«, erklärte mir Mama. »Dafür nimmt man an einer Verlosung teil. Und am Ende gewinnt einer das Haus, ist das nicht toll? Es geht aber nur mit Häusern im Ausland. Bei uns in Deutschland dürfen Häuser nicht verlost werden. Dieses hier ist in Schottland. Aber es gibt auch welche in Schweden, in Frankreich, in Spanien, in Finnland ...«

»*Finnland?*«, rief ich. »Zeig! Zeig mir das in Finnland!«

Mama klickte und auf dem Bildschirm erschien das Foto von einem größeren Holzhaus an einem See. Am Ufer wiegten sich Birken im Wind, und es gab einen kleinen Holzsteg, der ins Wasser hinausführte.

»Nimm das in Finnland, Mama«, bettelte ich. »*Bitte* nimm das in Finnland. Okay?«

Sie lächelte. »Okay«, sagte sie. »Dann kaufe ich dieses Los für 50 Euro. Aber das darfst du auf keinen Fall Papa erzählen, ja? Nur wenn wir gewinnen.«

Ich versprach es.

Den Rest des Tages war ich vor lauter Begeisterung vollkommen durcheinander. Ich schaffte es nicht mal, mich auf meine Mathehausaufgaben zu konzentrieren, und beschloss, am nächsten Morgen Paulo, unser Superhirn, zu bitten, mich bei ihm abschreiben zu lassen. Bisher war mir beim besten Willen keine Möglichkeit eingefallen, wie sich Papas Riesenfehler korrigieren ließ. Aber nun gab es plötzlich eine! Er hatte uns ein Haus am See versprochen, das gar nicht existierte. Aber wenn Mamas Los gewann, bekamen wir doch noch eins! Und das Tollste war, dass dieses Haus nicht in der Schweiz stand, sondern in Finnland, dem Land, wo ich unbedingt hinwollte. Wenn uns dort ein eigenes Haus gehörte, würde sogar Papa ganz bestimmt mitfahren. Dann könnte ich im Sommer Turo in seinem Ferienhaus besuchen und er mich in unserem!

In dieser Nacht träumte ich davon, wie Turo und ich

in einem Schlauchboot über einen spiegelglatten blauen See paddelten.

Als ich am nächsten Morgen im Erdgeschoss aus dem Aufzug stieg, sah ich, dass in unserem Briefkasten ein knallrosa Zettel mit der Aufschrift *SIE HABEN GE-WONNEN!* steckte. Mein Herz begann zu pochen. Konnte es sein, dass man so schnell gewinnt? Mit zitternden Fingern zog ich den Zettel aus dem Briefkasten-schlitz.

HERZLICHEN GLÜCKWUNSCH,
SIE HABEN GEWONNEN!
DAS GLÜCKSLOS IST AUF SIE GEFALLEN!

Ich drehte den Zettel um und las auf der Rückseite:

Dies ist kein Scherz!
Rufen Sie unter der folgenden Nummer an
und sichern Sie sich Ihren Gewinn!
0180 406070708080

Mein Begeisterungsschrei war so laut, dass Oma Meyer, die unten rechts wohnte, ihre Tür aufriss und rief, es sei noch früh, da könnte man doch wohl ein bisschen mehr Rücksicht erwarten! Dann knallte sie die Tür wütend wieder zu, dass es durch das ganze Haus schallte.

Ich wollte gerade schon zur Tür hinaus, als mein Blick zufällig auf Oma Meyers Briefkastenklappe fiel. Auch dort lugte eine rosafarbene Papierecke heraus! Ich zupfte daran und zog einen weiteren knallrosa Gewinnzettel aus dem Kasten, auf dem genau dasselbe stand. Bei Schmidts, die im Dritten wohnten, klemmte genau der gleiche Zettel. Und bei Muschkowskis und bei Pflegers und bei Kuhlmanns auch.

Irgendwas stimmte da nicht. Hatte denn jeder hier im Haus bei dieser Verlosung mitgemacht? Nicht sehr wahrscheinlich, dachte ich, zumal Oma Meyer vom Internet keinen blassen Schimmer hatte und sicher keinen PC besaß. Andererseits gab es bei uns im Block bestimmt jede Menge Leute, die gern in einem Haus am See gewohnt hätten.

Vielleicht bekam ja derjenige das Haus, der zuerst anrief? Vorsichtshalber zog ich alle rosafarbenen Zettel aus den Briefkästen und verstaute sie in meiner Schultasche.

Die Gewinnzettel hatten mich so lange aufgehalten, dass ich zum ersten Mal meine Bahn verpasste und eine Viertelstunde auf die nächste warten musste. Als ich endlich an der Haltestelle vom Neunzehner ankam, war er gerade abgefahren.

Ich setzte mich ins Wartehäuschen. Zwei Sekunden später sprang ich wieder auf, weil mir plötzlich einfiel, dass es im Bahnhofsgebäude einen uralten Münzfernsprecher gab. Wenn ich jetzt bei der Verlosung anrief, war ich vielleicht der Erste und konnte uns das Haus am See sichern!

Der Münzfernsprecher schluckte alle meine Münzen. Als ich zu wählen begann, war plötzlich ein Rasseln zu hören, aus dem Hörer ertönte ein lang anhaltender Piepton und auf dem Display erschien der Text: *Ihr Guthaben ist aufgebraucht! Bitte Geld nachwerfen!*

Wütend verpasste ich dem Apparat einen Schlag, aber es blieb dabei: Mein ganzes Geld war weg und die Verbindung war unterbrochen, bevor ich die Nummer überhaupt eingetippt hatte.

Als ich zur Bushaltestelle zurückkam, sah ich gerade noch die roten Rücklichter des nächsten Neunzehners, ehe er an der Ampel um die Ecke bog.

Verdammt, das durfte doch nicht wahr sein! Es war kurz vor acht, in ein paar Minuten begann der Unterricht!

Dann fing es auch noch an zu regnen.

Ich warf einen sehnsüchtigen Blick zum Taxistand hinüber. Wäre ich reich gewesen, hätte ich mir einfach ein Taxi nehmen und in null Komma nichts den Berg zur Schule raufsausen können!

Zwei Minuten später raste ein besetztes Taxi an der Haltestelle vorbei und hielt plötzlich mit kreischenden Bremsen mitten auf der Straße.

Zuerst hörte ich Onkel Kurts unverwechselbare Hupe, dann seine unverwechselbare Stimme. »Matti!«, rief er. »Was machst du denn noch hier? Die Schule fängt gleich an, los steig ein!«

Ich rannte hin, riss die hintere Wagentür auf und kletterte auf den Rücksitz, wo bereits eine vornehme Dame saß.

»Also, das ist eine Frechheit!«, rief sie. »Ich habe dieses Taxi extra telefonisch bestellt.«

»Jaja«, sagte Onkel Kurt und trat aufs Gaspedal. »Keine Aufregung, bitte. Wir fahren nur einen kleinen Schlenker über die Schule ... Kostet auch nichts.«

»Nur meine Zeit!«, schimpfte die Dame.

»Onkel Kurt, kannst du mir mal kurz dein Handy leihen, es ist sehr, sehr wichtig.«

»Warum?«

Ich wedelte mit einem der rosafarbenen Gewinnzettel und las vor, was dort stand.

Die Dame sah mich an.

»Um Gottes willen!«, rief sie. »Bei so was habe ich auch schon mal angerufen, das ist Betrug, richtiger Betrug! Die wollen nur, dass man eine teure Nummer anruft, damit sie einen Haufen Geld verdienen. Lass das bloß bleiben!«

Ich glaubte ihr kein Wort und erklärte, dass meine Mutter an einer Hausverlosung teilgenommen hatte und dies hier ganz bestimmt der Antwortbrief war.

Aber Onkel Kurt meinte, der Zettel hätte sicher nichts mit der Verlosung zu tun. Und das mit diesen teuren Nummern stimmte, da hätte die Dame recht, deswegen sollte ich lieber nicht dort anrufen. Schon gar nicht, wenn *DIES IST KEIN SCHERZ* auf dem Zettel stünde, das sei leider nie ein gutes Zeichen.

Eine Minute nach acht hielt das Taxi vor dem Schultor, und als ich ausstieg, sagte Onkel Kurt zum Abschied: »Mach dir keine großen Hoffnungen, dass Mama ein Haus gewinnt, Matti. Die Chancen stehen wirklich nicht so gut. Das ist wie eine Lotterie, verstehst du? Sehr, sehr viele Leute bezahlen und zum Schluss gewinnt nur einer.«

Ehrlich gesagt: Ich verstehe die Erwachsenen nicht. Sie versprechen einem Delfine im Ententeich, gerettete Wale und Giraffen, einen Umzug in ein Haus am See oder einen großen Gewinn, wenn man irgendwo anruft. Und *nichts* davon stimmt!

Was *soll* denn das alles?

10

In der großen Pause ging ich zu Turo, um mich bei ihm zu entschuldigen. Er saß auf der Rundbank um den Stamm der alten, knorrigen Eiche, die in der Mitte des Pausenhofs stand, und ich setzte mich neben ihn und erzählte, wie mein Vater die Sache mit der Schweiz einfach erfunden hatte, um Onkel Jussi zu beeindrucken.

»Und später hab ich gelogen, weil ich nicht wusste, was ich sagen sollte«, erklärte ich. »Tut mir leid, ehrlich. Auch die blöde Angeberei. Ich hab mich einfach so darauf gefreut, in einem großen Haus zu wohnen ... Weil ich doch so gern ein eigenes Zimmer hätte.«

Turo schwieg.

»Und außerdem bin ich total froh, dass wir nicht in die Schweiz ziehen ... Wegen dir. Weil wir uns dann weiter treffen können.«

Turo grinste. »Echt?«

»Echt. Du bist mein bester Freund.«

Er blinzelte in die Sonne und verzog die sommersprossige Nase ein bisschen. »Und du meiner. Deswegen möcht ich ja gern, dass wir zusammen nach Finnland fahren.«

Ich erzählte ihm, was Mama gesagt hatte. Nämlich, dass wir kein Geld hatten.

»Mist«, seufzte er.

Als wir nach dem Gong ins Klassenzimmer zurückkamen, packte Turo seine Sachen zusammen und setzte sich wieder neben mich, und Murat brüllte was von »Liiiiiiiiebespaar«, worauf Turo ihm kurz etwas zuflüsterte, das ihn sofort zum Schweigen brachte.

»Wow«, sagte ich beeindruckt. »Was hast du denn zu ihm gesagt?«

Er grinste mich an. »Dass er besser seine Klappe hält, weil ich mich sonst nämlich da vorne hinstelle und der ganzen Klasse erzähle, dass er seiner Mama immer noch schön brav die Hand geben muss, wenn sie über die Straße gehen. Ich hab die beiden neulich gesehen.«

In der zweiten Pause holte ich Turos Finnland-Prospekt aus meiner Schultasche und zeigte ihm das kleine Foto von dem Haus, über dem irgendwas von 700 Euro stand.

»Hier, schau mal.« Ich tippte auf das Bild. »Bedeutet das, dass man dieses Haus für 700 Euro kaufen kann?«

Turo lachte. »Nein. Häuser kosten viel, viel mehr. Sogar Ferienhäuser. Aber das da ist ein richtiges, großes Wohnhaus. Da steht: Hausmeister gesucht, für zwei Monate. Und dass man für den Job 700 Euro im Monat kriegt und außerdem umsonst dort wohnen darf.«

»Ach so.«

Turo las weiter und begann an seiner Unterlippe rumzukneten, wie immer, wenn er über irgendetwas nachgrübelt. »Hier steht, dass der Job für Juli und August ist, fast genau dieselbe Zeit wie unsere Sommerferien! Könnte dein Papa sich nicht da bewerben? Dann könntet ihr umsonst in dem Haus wohnen und würdet außerdem noch Geld verdienen! Ist doch super, oder?«

»Ich weiß nicht ... Dann müsste er in der Zeit doch arbeiten.«

»Ach, nur ein bisschen Rasen mähen, dabei helfen wir ihm! Und guck mal, auf dem Foto ist sogar ein Schlauchboot zu sehen!«

Die Idee gefiel mir immer besser. Papa hatte ganz bestimmt nichts gegen einen Urlaub, wenn er keine Miete zahlen musste und außerdem sogar noch was dazuverdiente.

»Hoffentlich ist der Superjob nicht schon längst weg«, sagte Turo. »Dein Vater muss sofort da anrufen.«

Das ging allerdings nicht, weil Papa an diesem Tag eine Spätschicht fuhr und erst gegen Mitternacht wieder zu Hause sein würde.

Wir überlegten hin und her, und schließlich kam Turo auf die geniale Idee, seinen älteren Bruder Jari für Papa dort anrufen zu lassen. Jari ist sechzehn und hat eine so abgrundtiefe Stimme, dass man ihn auf jeden Fall für einen Erwachsenen hält, also konnte er meinen Vater doch wunderbar vertreten!

Nach der Schule fuhr Onkel Kurt uns zu Turo nach Hause, wo wir Jari fast eine halbe Stunde überreden mussten mitzumachen. Erst als Turo ihm versprach, seine nächsten beiden Küchendienste zu übernehmen, willigte er schließlich ein.

»Okay, und was soll ich sagen?«, fragte er mit seiner Brummbärstimme.

»Hier spricht Sulo Pekkanen. Und ob der Hausmeisterjob im Sommer noch frei ist«, erklärte ich.

Turo hielt seinem Bruder die Anzeige hin, unter der die Telefonnummer stand. Eine Weile saß Jari reglos vor dem Telefon und starrte irgendwie ganz seltsam vor sich hin, während er an seiner Lippe kaute. Dann nahm er den Hörer ab, tippte blitzschnell erst die Vorwahl von Finnland und dann die Nummer im Prospekt ein und Turo und ich hielten den Atem an.

»*Hei! Sulo Pekkanen täällä!*«, brüllte er, und dann sagte er komischerweise erst mal gar nichts mehr, und zwar so lange, dass ich mir schon langsam Sorgen machte. Irgendwann legte er eine Hand über die Sprechmuschel und flüsterte mir zu: »Ist Sulo Pekkanen vielleicht der Bruder von Jussi Pekkanen, der bei Heikki Mäkinen auf dem Holzhof arbeitet?«

»Öh, ja, wieso?«, fragte ich verdutzt.

Jari winkte ab. Dann redete er weiter und lachte und redete weiter und notierte sich etwas und lachte noch mal. Und dann sagte er »*Kiitos!*«, und legte auf.

»Und?«, fragte ich.

»Geht klar«, verkündete Jari. »Der Besitzer von dem Haus war dran. Markku heißt er. Und ich soll ... Also, dein Vater soll den Hausschlüssel bei Frau Mäkelä in Mikkeli abholen, die Adresse habe ich dir hier aufgeschrieben. Und ganz am Ende hat er gelacht und gemeint, ich soll bloß nicht seine Bude abfackeln. Und dann hat er noch viel mehr gelacht, der ist vielleicht ein Witzbold!«

Offenbar hatte sich die Geschichte von Papas explodierter Holzlagerhalle in Finnland ziemlich weit herumgesprochen.

Turo freute sich über Papas Hausmeisterjob so sehr, dass er einen Siegerschrei ausstieß und die geballte Faust in die Luft reckte wie ein Boxchampion. »Und weißt du, Matti, was das Beste ist?«, brüllte er.

»Nein?«

»Puumala liegt gar nicht weit von uns entfernt. Ihr seid südlich von Mikkeli und wir nördlich. Da können wir uns in den Ferien ganz oft besuchen!«

Ich erstarrte. »Puumala?«, fragte ich. »Wieso denn Puumala?«

»Na, in Puumala wohnt dieser Markku, der den Hausmeister sucht.« Turo hielt mir den Prospekt unter die Nase und tippte auf den Text unter dem Foto. »Steht doch hier: Haus in Puumala.«

Ich bekam weiche Knie. »Das ist der Ort, wo Onkel Jussi wohnt. Da will mein Vater ganz bestimmt nicht hin, weil sich die beiden dauernd streiten. Mist. Er wird diesen Job nie im Leben annehmen.«

»Oh«, sagte Turo.

»Könntest du nicht wieder absagen?«, bat ich Jari.

»Nein«, sagte er. »Das kann dein Vater ja wohl selber machen.«

11

Seit dem Besuch von Onkel Jussi und Tante Marja hatten Papa und ich kein Wort mehr miteinander geredet, was eigentlich nicht so ungewöhnlich war, denn wir schwiegen ja auch sonst sehr viel. Doch dieses Schweigen fühlte sich anders an, denn wir schwiegen nicht einfach bloß so, weil wir keine Lust hatten zu reden. Wir schwiegen, weil keiner sich zu reden traute, obwohl es eigentlich eine ganze Menge zu sagen gegeben hätte.

Mehrere Tage grübelte ich darüber nach, wie ich Papa die Sache mit dem Hausmeisterjob in Puumala beichten sollte. In meiner Vorstellung hörte ich ihn sagen: »Nein danke, Matti. Jätkä Jussi, der neue Boss vom Holzhof, lacht sich doch tot, wenn er sieht, dass sein Bruder im Urlaub als Hausmeister arbeiten muss. Kommt nicht infrage, wir bleiben hier.«

Turo fragte mich von Zeit zu Zeit, ob mein Vater

schon bei Markku angerufen und abgesagt hätte. »Bis jetzt noch nicht, denn vielleicht fahren wir doch«, log ich. »Weil meine Mutter in den Ferien auch so gern nach Finnland will.« In Wirklichkeit hatte ich null Hoffnung, dass es klappen würde.

Als ich am fünften Tag nach Jaris Finnland-Telefonat von der Schule kam, fand ich in unserem Briefkasten einen schicken, cremefarbenen Umschlag mit dem Absender *Hausverlosung International*. Mein Herz raste und meine Finger zitterten, während ich mit dem Aufzug hochfuhr und dabei die ganze Zeit auf den Brief starrte, als hätte ich Röntgenaugen, die durch den Umschlag blicken konnten.

Mama und Sami waren noch nicht zu Hause und Papa saß wahrscheinlich in seiner Drachenhöhle, keine Ahnung.

Ich holte ein Messer aus der Küchenschublade, öffnete den Brief und las:

Stichwort: Haus im Saimaa-Seengebiet
Sehr geehrte(r) TeilnehmerIn der Verlosung 32,
hiermit bestätigen wir Ihre Teilnahme
an oben genannter Verlosung.
Ihre Losnummer lautet:

SAIM 39283

Über den Termin der Ziehung des Gewinners informieren wir Sie rechtzeitig unter www.meinhauslos.de Wir bitten um Geduld!

Enttäuscht ließ ich das Blatt sinken. *Wir bitten um Geduld* bedeutete, dass sie den Gewinner vielleicht erst nach den Sommerferien ziehen würden. Ich brauchte das Haus aber *schnell*. Es war einfach zum Verrücktwerden: Jedes Mal, wenn ich wieder ein bisschen Hoffnung schöpfte, tauchte irgendein Problem auf ...

Dann fiel mir ein, dass Papa von der Verlosung ja nichts wissen durfte, also nahm ich den Brief mit in mein Zimmer und öffnete meine Geheimschublade, um ihn dort zu verstauen, bis Mama nach Hause kam.

Und da passierte es:

Eine Eingebung, aus heiterem Himmel. Ein Wink des Universums.

Ich blickte in die Schublade und sah Turos Prospekt, der auf der Seite mit der Hausmeister-Anzeige aufgeschlagen war. Und auf dem oberen Teil des Prospekts lagen die rosafarbenen Gewinnzettel aus den Briefkästen.

Es kam mir wie ein Wunder vor:

HERZLICHEN GLÜCKWUNSCH,
SIE HABEN GEWONNEN!
DAS GLÜCKSLOS IST AUF SIE GEFALLEN!

las ich, genau an der Stelle, wo vorher auf Finnisch *Hausmeister gesucht* gestanden hatte. Und darunter war das Foto von dem Haus in Puumala zu sehen. Mit dem großen roten Schlauchboot, das am Ufer des Sees lag und dort auf mich zu warten schien! Alles, was ich zu tun brauchte, war, ein winzig kleines bisschen nachzuhelfen. Ich musste bloß aus zwei Zetteln einen machen und ihn in den Umschlag stecken – und schon hatten wir ein Haus! Dass es nicht wirklich uns gehörte, konnte ich Mama und Papa ja immer noch erklären, wenn wir da waren ... Was den enormen Vorteil hatte, dass wir dann immerhin schon *da* waren. Vielleicht würden sie ja nicht sofort nach Hause fahren und Papa würde dann eben bei Markku ab und zu den Rasen mähen. Was war daran so schlimm?

Je länger ich darüber nachdachte, desto logischer kam mir alles vor. Vorsichtig trennte ich die Anzeigenseite mit dem Foto aus dem Prospekt heraus, nahm meinen Schlüssel und ging zum Kopierladen an der nächsten Ecke. Dort legte ich beide Zettel zusammen auf den

Kopierer und heraus kam eine ganz wunderbare, täuschend echt aussehende Hausverlosungsgewinnbenachrichtigung!

Die brauchte ich zu Hause dann nur noch in den Umschlag zu stecken – fertig!

Als Mama von der Arbeit kam, ließ sie sich erst einmal erschöpft auf die Küchenbank plumpsen. »Puh, dieser Chef schafft mich«, stöhnte sie.

»Ist Sami noch im Kindergarten?«

»Die Frösche gehen heute in den Zoo, deswegen bleibt er etwas länger. Ich muss nachher noch mal los und ihn holen. Was versteckst du da hinter deinem Rücken, Matti?«

»Ich habe eine Überraschung für dich«, sagte ich und gab ihr den geöffneten Briefumschlag.

Mama runzelte die Stirn. »Doch hoffentlich kein Brief von deinem Rektor?« Dann holte sie den Zettel heraus, las ihn durch und stieß einen Schrei aus. »Das ist ja ... O Gott!« Sie sprang auf und begann durch die Küche zu tanzen. Ihre Chefsorgen waren wie weggeblasen!

Mama freute sich dermaßen, dass ich fast selber glaubte, dass wir ein Haus gewonnen hatten.

»Oh, Sulo!«, rief sie und rannte in die Diele. »Sulo, sieh mal!«

Die Tür zur Drachenhöhle öffnete sich und mein Vater trat aus wabernden Nebelschwaden in den Flur hinaus.

»Wir haben ein Haus gewonnen, Sulo«, keuchte Mama, »ein Haus in Finnland! Da!«

Papa las sich den Zettel zweimal durch, dann hob er den rechten Mundwinkel und sagte: »Tatsächlich!«

»Nun freu dich doch mal, Matti!«, sagte Mama und lachte zu mir rüber.

»Hurra.«

»Ich werde gleich mal da anrufen«, hörte ich Papa sagen. »Hier unten ist eine Telefonnummer angegeben.«

Die finnische Telefonnummer! Die hatte ich total vergessen! Mir wurde flau. Während er die Nummer eintippte, spürte ich, wie sich mein Magen zusammenzog und mir winzig kleine Schweißperlen auf die Stirn traten.

»*Hei! Sulo Pekkanen täällä!*«, brüllte Papa in den Hörer. Dann sagte er eine ganze Weile gar nichts. Dann lachte er und redete weiter und notierte sich etwas, und schließlich sagte er »*Kiitos!*« und legte auf.

»Alles in Ordnung«, verkündete er. »Da war eine nette Frau dran, Ritva Mäkelä aus Mikkeli. Sie wusste schon Bescheid und meinte, ab dem ersten Juli können wir kommen. Und dass wir bei ihr in Mikkeli die Schlüssel abholen sollen.«

Ich atmete geräuschvoll aus.

»Ach, Sulo!«, seufzte Mama.

Papa schlug mit der Hand auf das Prospektfoto. »Und weißt du, was das Beste ist?«

»Nein, was?«

»Das Haus ist in Puumala, bei Jussi in der Nähe! Und es ist groß und geräumig. Ein richtiges Wohnhaus, kein *mökki*! Und hier steht, dass es auch noch möbliert ist. Schöne finnische Möbel. Da können wir unseren ganzen alten Kram wegwerfen! Und Matti und Sami bekommen endlich jeder ein eigenes Zimmer. Und du auch. Und wir können paddeln und angeln!«

Nie zuvor hatte ich erlebt, dass Papa so viele Sätze hintereinander sprach. Nicht einmal, wenn er Wodka trank.

Mama legte die Stirn in Falten. »Wie meinst du das denn, Sulo? Wieso denn wegwerfen?«

»Ich werde kündigen!«, rief Papa. »Und im Juli ziehen wir dann nach Puumala! Busfahren kann ich schließlich auch in Finnland. Und eine Praxis findest du dort auch.«

»Oh«, sagte ich.

»Wäre es nicht klüger, sich das noch mal gründlich zu überlegen?«, fragte Mama.

»Nein!«, rief Papa fröhlich. »Dieses Haus am See ist wunderschön und eine Menge wert ... Und Jussi wird platzen vor Neid!«

12

Ich weiß, dass ich in diesem Moment eigentlich etwas hätte sagen müssen. Aber ich konnte einfach nicht. Mama und Papa waren so begeistert und glücklich, dass ich ihnen die gute Laune nicht sofort wieder vermiesen wollte. Das hatte schließlich noch ein bisschen Zeit.

»Ich kündige auch!«, rief Mama lachend. »Und dann ziehen wir in unser Haus am See!«

Papa legte zum ersten Mal seit vielen Jahren seine CD mit finnischer Tangomusik auf und dann tanzten meine Eltern durch das Wohnzimmer wie ein junges, verliebtes Paar.

Was Sami anging, war ich mir ziemlich sicher, dass er ein Riesentheater machen würde, wenn er erfuhr, dass Mama und Papa es sich wieder anders überlegt hatten und nun doch ins Ausland ziehen wollten. Aber ich irrte mich.

»Der Timo ist ein Scheißer«, erzählte er mir, als Mama mit ihm vom Kindergarten kam. »Der ist nicht mehr mein Freund, und hoffentlich ziehen wir morgen schon um, dann brauch ich nämlich nicht mehr zu diesen blöden Fröschen zu gehen!«

Am nächsten Tag gab es schon wieder eine Überraschung.

»Ich hab heut früher Schluss gemacht und war in deiner Schule«, sagte Mama beim Mittagessen.

»Warum?«, fragte ich erstaunt.

»Um dich abzumelden.«

In meinem Bauch begann es plötzlich zu grummeln. Nicht zu fassen, wie schnell auf einmal alles ging! Normalerweise brauchen meine Eltern für jeden kleinen Mist eine Ewigkeit. Bei ihrem alten, klapprigen Fiat hatte Mama damals über eine Woche überlegt, ob sie ihn kaufen sollte. Und Papa kann sich grundsätzlich nie entscheiden.

Mama lachte. »Und gekündigt hab ich heute Morgen auch gleich. Dr. Kasper hat vielleicht Augen gemacht! Und Britt, meine Kollegin, kennt ein junges Ehepaar, die ab Juli hier einziehen wollen, ist das nicht herrlich? Ich hab sofort bei Papa angerufen und ihm gesagt, dass er

unsere Wohnung kündigen kann, weil wir einen Nachmieter haben.«

»NEIN!«, rief ich erschrocken.

Mama runzelte die Stirn. »Wieso denn nicht?«, fragte
sie. »Besser geht es doch gar nicht ... Was hast du denn
nur, Matti? Du bist ja ganz blass!« Sie fühlte mir die
Stirn.

Anscheinend hatte ich den richtigen Moment, die
Wahrheit zu sagen, längst verpasst! Panik stieg in mir
auf.

»Aber ... Ich meine: Warum denn so schnell? So ein
Umzug ist doch ... ist doch ...«, Frau Thieles Worte fielen mir ein, »... eine sehr große Veränderung!«

»Genau.« Mama nickte. »Und genau das wollen wir
ja. Eine Veränderung. Also bitte, Matti, du wolltest doch
immer nach Finnland ...«

»Ja, in den *Ferien!*«, rief ich verzweifelt. »Zusammen
mit *Turo!* Ich hab nie gesagt, dass ich da hinziehen will!
Ihr habt mich nicht einmal gefragt!«

»Also wirklich, dir kann man's auch nie recht machen!«, blaffte Mama. »Schließlich wolltest du ein Haus
am See in Finnland und nun haben wir eins und du be-
schwerst dich!«

Es hat einfach keinen Sinn, mit Mama zu diskutieren.

Irgendwie verdreht sie immer alles, bis man irgendwann nicht mehr weiß, ob man recht hat oder nicht.

Deshalb beschloss ich, zu dem Thema einfach gar nichts mehr zu sagen, und Turo erzählte ich, mein Vater hätte den Hausmeisterjob angenommen – also würden wir uns in den Sommerferien auf jeden Fall in Finnland treffen.

»Toll!«, rief Turo glücklich. »Es klappt!«

Ja, toll, drei Tage vielleicht, dachte ich. Bis meine Eltern feststellen, dass sie gar kein Haus gewonnen haben. Dann ziehen wir zurück nach Deutschland und ich muss in ein Heim.

Papa kündigte seinen Busfahrerjob und begann alten Papierkram zu sortieren, und Mama führte die Nachmieter Jan und Ingrid durch unsere Wohnung, die ihnen sehr gefiel, sogar das viel zu kleine Kinderzimmer, denn die beiden hatten keine Kinder.

»Hallo!«, sagte Ingrid, als sie mich und Sami besichtigte.

»Hallo«, brummte ich.

Sami winkte.

»Wunderbar!«, meinte Jan. »Das wird unser Abstellraum.«

»Na, dann ändert sich ja nichts«, sagte ich, worauf Mama mir einen giftigen Blick zuwarf.

Am Nachmittag schleppte Papa die kleine, wackelige Kommode aus dem Schlafzimmer runter in den Hof und holte die Axt aus dem Keller, um Kleinholz aus ihr zu machen.

»Zerschlag bitte nicht alles, Schatz«, ermahnte ihn Mama.

Aber so schnell hörte Papa leider nicht auf – wahrscheinlich gab ihm die Arbeit mit der Axt irgendwie das Gefühl, ein richtiger finnischer *jätkä* zu sein.

»Die hier können auch noch weg«, sagte er und warf die alten Küchenstühle über den Balkon, sodass sie krachend unten auf dem Rasen landeten.

Im Erdgeschoss riss Oma Meyer ihr Fenster auf und brüllte, dass sie jetzt sofort die Polizei holte. Was sie dann aber doch nicht tat.

Papa wischte sich mit seinem Arbeitshandschuh den Waldarbeiterschweiß von der Stirn. »Also, eigentlich brauchen wir überhaupt keine Möbel mehr«, keuchte er. »Unser Haus am See ist ja möbliert.«

»Ich würde trotzdem ein paar aufheben, nur so zur Sicherheit«, sagte ich vorsichtig. Dann kam zum Glück Mama und beendete Papas Zerstörungswut, indem sie ihm erklärte, dass wir bis zum Umzug ja noch ein paar Wochen lang eine Einrichtung brauchten.

Aber nach und nach schaffte Papa es trotzdem, eine ganze Menge wegzuschmeißen – sogar Mamas alten Schaukelstuhl, wegen dem es fast einen Riesenstreit gab, obwohl der Stuhl wirklich so klapperig war, dass man nur noch sehr vorsichtig darin schaukeln konnte, weil er sonst zusammenkrachte. (Sami war der Einzige gewesen, der absichtlich mit Karacho schaukelte, *damit* das Ding zusammenkrachte.)

Für den »kleinen Elch« und den Rest unserer Sachen mieteten wir eine Garage, wo wir alles unterstellen konnten, denn Papa wollte sich erst mal die Möbel in dem neuen Haus ansehen und dann entscheiden, was wir noch brauchten.

Die wichtigsten Dinge (Klamotten und das ganze Küchenzeugs) sollte Mama in genau drei Taschen und drei Koffer stopfen, die wir mitnahmen.

»Wie soll das bitte gehen, Sulo?«, jammerte sie verzweifelt.

»Pass auf, ich zeig's dir«, sagte Papa und packte alles in drei Taschen und drei Koffer.

Zwei Tage vor unserer Abreise weinte Mama ein bisschen und verkaufte dann schweren Herzens ihren heiß geliebten alten Fiat an einen Schrotthändler, der sich für ein paar der Einzelteile interessierte. Das Geld kam in die Sparbüchse für den gebrauchten Volvo, den Papa in Finnland kaufen wollte.

Turo fuhr nach der Schule noch dreimal im Taxi mit, und jedes Mal zitterte ich, dass Onkel Kurt von unserem Umzug sprechen würde, aber wie durch ein Wunder ging es zweimal gut, und bei der dritten Fahrt wechselte ich schnell das Thema und redete wie ein Wasserfall über die Mathearbeit, als Turo von den Sommerferien anfing.

Gott sei Dank hatte Onkel Kurt am letzten Schultag ausnahmsweise keine Zeit, mich abzuholen. Stattdessen fuhr ich bei Turos Mama mit, die mich am S-Bahnhof rausließ.

»*Lykkyä tykö!*«, wünschte sie mir, was »Viel Glück!« bedeutet, und Turo grinste und sagte: »In zwei Wochen fahren wir auch los. Dann können wir endlich zusammen angeln!«

Dann kam der Tag der Abreise, an dem Sami und ich auf Matratzen in einem leeren Zimmer aufwachten, weil Papa am Tag zuvor noch schnell unser altes Etagenbett zersägt und weggeworfen hatte.

Onkel Kurt fuhr uns mit seinem Taxi zum Flughafen,

und Sami heulte die ganze Zeit, weil er sich mit Timo inzwischen wieder vertragen hatte und nun doch nicht umziehen wollte.

Mama heulte, weil sie bei Abschieden immer heult, und Papa freute sich auf unser schönes, großes Haus und auf Onkel Jussis tellerrunde Augen, wenn er es sah.

Mir war richtig übel. Erstens, weil ich nicht gerne fliege, und zweitens, weil ich keine Ahnung hatte, wann und wie ich Mama und Papa die Wahrheit sagen sollte. Insgeheim hoffte ich auf einen guten Moment, wo sie so entspannt sein würden, dass sie nicht ganz so wütend wurden. Beim Ausruhen nach einem Tango vielleicht oder beim Frühstücken am See.

»Mach's gut, mein Junge«, brummte Onkel Kurt und umarmte mich. »Ich werd's richtig vermissen, dich von der Schule abzuholen.«

»Ich will *auch* von dir mit dem Taxi abgeholt werden, wenn ich in der Schule bin!«, maulte Sami.

»Das geht aber leider nicht«, sagte Onkel Kurt und drückte ihn an sich. »Finnland ist zu weit weg.«

Sami fing wieder an zu heulen und jammerte von Zeit zu Zeit »Tiiiimoooo!«, und Mama umarmte ihren großen Bruder und lud ihn schon mal in unser neues Haus ein, obwohl sie es selbst noch gar nicht gesehen hatte.

Der Flug von Frankfurt nach Helsinki war echt ein Erlebnis, weil die nette Stewardess der finnischen Fluglinie großzügig Wodka verteilte und die Fluggäste davon immer lustiger wurden. Mama las ihren Sprachführer *Finnisch in fünf Minuten*, und Sami nörgelte rum, weil er sein Sandwich mit Curryhuhn nicht mochte. Zwei Sekunden später vergaß er seinen Kummer, als wir die Wolkendecke durchbrachen und bei strahlender Sonne und blauem Himmel über eine Landschaft aus weißen Wattebäuschen flogen.

Nach ungefähr zweieinhalb Stunden waren wir schon in Finnland (wo es merkwürdigerweise eine Stunde später war) und holten am Flughafen den Mietwagen ab, den Papa im Internet bestellt hatte.

Ich kam mir vor wie in einem Albtraum. Was sollte nur werden, wenn Papa und Mama merkten, dass alles nur ein Schwindel war? Dann mussten wir zurück nach Deutschland, wo eine Garage mit drei Stühlen und einem Fahrrad auf uns wartete – viel mehr war von Papas Axt nicht verschont geblieben. Und eine neue Wohnung konnten wir in Deutschland auch nicht mieten, weil unsere letzten Ersparnisse für den Flug draufgegangen waren und Papa und Mama keine Arbeit hatten und deswegen nicht genügend Geld.

Das alles ging mir auf unserer Fahrt nach Mikkeli durch den Kopf, während ich aus dem Fenster starrte. Der Himmel war grau, es nieselte, und Wälder und Wälder und noch mal Wälder flogen an uns vorbei. Ich sah riesige blaugraue Seen, eine graue Straße, ein paar Häuser und in der Ferne Felder. Und die ganze Zeit stellte ich mir vor, wie wir nach zwei Monaten wieder zurückfahren würden und dann in die Garage ziehen mussten.

Als wir endlich in Mikkeli ankamen, war ich ehrlich gesagt enttäuscht. Mama und Sami anscheinend auch.

»Blöd!«, rief Sami. »Hier ist es blöd! Ich will nach Hause. Zu Timo.«

»Wie bitte?«, rief Mama. »*Das* ist Mikkeli? Das darf doch nicht wahr sein!«

Die Häuserreihen sahen aus wie nebeneinander aufgestellte Bauklötze. Langweilige Wohnwürfel mit kleinen Fenstern und kleinen Balkonen. *Optikko* las ich auf dem Schild eines würfeligen Ladens mit Brillen im Schaufenster. Leute schoben ihre Fahrräder über Zebrastreifen, irgendwo heulte eine Sirene auf und im nächsten Moment sauste ein knallgelber Krankenwagen mit orangefarbenen Streifen an uns vorbei.

»Wir wohnen ja nicht hier«, sagte Papa. »Wir holen nur den Hausschlüssel ab.«

Die Frau mit dem Hausschlüssel hatte ich total vergessen! Mein Herz begann zu rasen. Es war ab-so-lut unmöglich, dass sie und Papa sich ein zweites Mal missverstehen würden, wie damals am Telefon. Also würde er von ihr erfahren, dass er zwei Monate lang den Rasen mähen und vielleicht sogar Unkraut zupfen musste. Und damit wäre unsere Reise in der Würfelstadt Mikkeli bereits beendet, ehe sie richtig begonnen hatte. Papa wurde bestimmt so wütend, dass er auf der Stelle umkehren wollte, was bedeutete, dass Sami schon morgen wieder bei Timo übernachten konnte.

Wir hielten vor einem der Häuser, und während Papa ausstieg und mit seinem Handy Frau Mäkelä anrief (weil es lustigerweise keine Klingeln gab), biss ich mir auf die Lippen und überlegte fieberhaft, was ich sagen sollte, wenn er zurückkam.

Die kleine, ältere Frau, die kurz darauf in Jogginghose und Windjacke aus der Haustür trat, hatte wirre graue Locken, die im Wind tanzten. Sie lachte und gab Papa einen Schlüsselbund und Papa lachte auch. Die beiden unterhielten sich eine Weile, dann hob Frau Mäkelä zum Abschied die Hand und ging ins Haus zurück.

Ich konnte es kaum glauben, als Papa freudestrahlend wieder in den Wagen stieg und die Schlüssel schwenkte!

»Also, das hat dieser Markku wirklich gut organisiert, muss ich sagen. Er ist gerade verreist und kommt in zwei Monaten zurück. Frau Mäkelä ist seine Tante, und sie meint, dann müssten wir uns unbedingt mal mit Markku treffen, er freut sich schon darauf.« Papa ließ den Motor an.

»Ach, wie nett«, sagte Mama. »Und wer ist dieser Markku?«

»Na, der Hausverloser, nehme ich an«, sagte Papa. »Er hat sich sehr gefreut, dass alles so gut geklappt hat.«

»Und was heißt *Wonnewecker*?«

»*Wonnewecker*?«

»Ja, dieses komische Wort, das du dauernd gesagt hast«, erklärte Mama.

Papa schaute sie an und hob einen Mundwinkel. »*Onnenpekka*«, sagte er. »Das heißt Glückspilz. Ich habe gesagt, dass ich so unglaubliches Glück gehabt habe ... Und sie meinte, wie schön, dass ich mich so freue.«

»*Ich* habe das Glück gehabt, Schatz«, verbesserte Mama ihn. »Das mit der Verlosung war immerhin *meine* Idee.«

»Natürlich. Verzeih mir, *kulta*«, sagte Papa und griff nach ihrer Hand, um sie zu küssen.

Ich staunte. Seit wir das Haus gewonnen hatten (das

wir nicht gewonnen hatten), verstanden sich meine Eltern so gut wie schon lange nicht mehr.

»Wann sind wir denn endlich daha?«, nervte Sami.

Wir fuhren bis nach Puumala und bogen dort irgendwann in eine schmale Waldstraße ein, die direkt zum See führte. Und als wir das Haus schließlich sahen, verschlug es uns die Sprache. Die Augen fielen uns fast aus dem Kopf, denn es war noch viel schöner als auf dem Foto: ein großes rotes Holzhaus mit Veranda. Mit einem großen Rasenplatz und einem gemauerten Grill. Direkt an einem blauen See. Und mit Birken am Ufer, die leise raschelten.

Schade, dass es uns nicht wirklich gehörte.

13

Wir ließen das Gepäck im Wagen, rannten ans Wasser und ließen uns ins weiche Gras fallen. Inzwischen war die Sonne hinter den Wolken hervorgekommen und ab und an wehte ein leichter Wind über den See. Die winzig kleinen Wellen funkelten im hellen Sommerlicht wie Gold.

»Ach, Sulo«, seufzte Mama und sank ins Gras zurück.

»Und dahinten ist die Sauna!«, schwärmte Papa und deutete auf die kleine Holzhütte im Garten.

Ich warf einen prüfenden Blick auf die Länge des Rasens und beschloss, meinen Vater sanft auf seine hausmeisterlichen Pflichten vorzubereiten:

»Hier müsste dringend mal gemäht werden, nicht wahr, Papa?«

Er sah mich verdutzt an. »Unsinn«, sagte er. »Wir sind hier nicht in Deutschland. In Finnland darf das Gras wachsen, wie es will. Jedenfalls das in meinem eigenen Garten vor meinem eigenen Haus!«

Mist, das konnte schwierig werden ...

»Und wenn *ich* den Rasen mähe?«, schlug ich verzweifelt vor.

»Matti, gib Ruhe«, murmelte Mama mit geschlossenen Augen. »Wir sind doch nicht zum Rasenmähen hergekommen!«

Wenn du wüsstest, dachte ich.

Sami hüpfte am Wasser herum und warf Stöcke in den Saimaa-See. Irgendwo sang ein Vogel. Sonst war alles still. Fast unheimlich. Keine Autos. Keine Stimmen. Nichts.

Eine ganze Weile saßen wir einfach nur so da und schauten auf den See hinaus.

Dann stand Papa irgendwann auf, ging zum Wagen zurück, um das Gepäck auszuladen, und schloss die Haustür auf.

»Ach, Kinder, ist das friedlich hier«, sagte Mama.

Genau in dem Moment hörten wir von drinnen einen furchtbaren finnischen Fluch, so laut, als hätte Papa sich den Zeh gestoßen.

Mama fuhr senkrecht in die Höhe.

Sami zuckte erschrocken zusammen.

Ich ließ den Kopf hängen.

»Was ist passiert, Sulo?«, rief Mama besorgt.

Ich blickte auf und sah, wie Papa mit hochrotem Gesicht im Türrahmen erschien.

»Hier sind Schränke und Regale ...«, brüllte er.

»Die können wir gut brauchen«, sagte Mama.

»... und überall ist was drin! Dieser Markku hat seine ganzen privaten Sachen in unserem Haus gelassen! Sieh dir das mal an.«

Mama sprang auf und dann gingen wir alle zusammen durch das Haus und öffneten in jedem Zimmer jeden Schrank und jede Schublade.

»Hier sind Kekse drin«, sagte Sami. »Die kann ich doch essen? Wenn uns dieses Haus am See gehört, dann gehören uns die Kekse *in* dem Haus am See doch auch, oder?«

Statt zu antworten, zückte Papa sein Handy und rief bei Ritva Mäkelä in Mikkeli an, die aber nicht zu Hause war oder nicht ranging. Papa hasst es, wenn Leute telefonisch nicht erreichbar sind. Die Folge war, dass er sich vor lauter Wut einen Wäschekorb aus dem Bad schnappte und anfing, das ganze Zeug in den Schränken und Schubladen in den Korb zu schmeißen, damit in den Garten zu laufen, den Korb dort auszuleeren und dann wieder ins Haus zu rennen, um ihn von Neuem zu füllen.

»Nicht!«, rief ich. »Tu das nicht!«

Aber Papa hörte einfach nicht auf mich und der Haufen wurde immer höher.

»Sulo, bitte!«, rief Mama.

Krach! Die nächste Ladung landete im Garten.

Ich spürte, dass mir der Moment meiner großen Beichte unwiderruflich bevorstand – leider ein Moment, in dem Papa alles andere als entspannt war.

Mein Mund war total trocken. Mein Magen schlug Purzelbäume. Die Beine fühlten sich puddingweich an, und meine Lippen zitterten, als hätte ich Schüttelfrost.

O Gott, wenn doch nur jemand käme, der mir diese schreckliche Aufgabe abnimmt, dachte ich verzweifelt.

Es klingt unglaublich, aber mein Gebet wurde erhört!

Sekunden später bog ein schnittiger Wagen mit quietschenden Reifen in das Grundstück ein, bremste mit einem Ruck, und heraus sprang ein schlanker, eleganter Mann in Papas Alter, der ein helles Sommerjackett trug.

Als er sah, wie Papa gerade mit dem nächsten Korb voller Wäsche, Aktenordner und CDs aus dem Haus gerannt kam und alles auf den Riesenhaufen kippte, erstarrte er.

Aber nicht lange.

»Sulo Pekkanen!«, brüllte der Mann, außer sich vor Wut.

»Markku Virtanen!«, brüllte Papa zurück, woraus ich schloss, dass die beiden sich wohl von früher kannten.

Markku zeigte auf den Haufen, tippte sich an die Stirn und ließ ein finnisches Wortunwetter losbrechen, und Papa trat gegen den leeren Wäschekorb, schrie und fuchtelte in Richtung Haus. Ich war echt verdutzt, weil ich ihn noch nie so laut erlebt hatte. Finnische Männer werden selten laut, hat Mama mir mal erklärt. Aber wenn sie es tun, dann ist es wie ein Donnerwetter.

Und das war es.

Die beiden brüllten wie zwei wütende Löwen, die um ein Revier kämpfen. (Das kannte ich aus *Rettet die Tiere!*.)

Nach einigem Hin und Her schrie Papa: »*Kulta,* wo ist der Lotteriezettel, den du mir gezeigt hast?«

Mama kramte mit zitternden Händen meine Gewinnbenachrichtigung vom Copyshop aus ihrer Handtasche hervor und reichte sie ihm.

Markku warf einen Blick darauf und sagte irgendwas mit *Mikkeli ja ympäristö* – offenbar sprach er von dem finnischen Prospekt, den Turo mir mitgebracht hatte.

122

Papa schaute Mama an. »Wo hast du diesen Zettel her?«

»Na, aus dem Briefumschlag ...«

»Und den Briefumschlag?«

Sie überlegte einen Moment.

»Von Matti.«

Papas Gesichtsfarbe wechselte von Rot zu Weiß.

Ich biss mir auf die Lippen und betrachtete meine Schuhe.

Ein paar schreckliche Sekunden lang herrschte knisternde Stille.

Dann hörte ich die vollkommen fremd klingende Stimme meines Vaters – wie das ohrenbetäubende Krachen eines ausbrechenden Vulkans:

»MATTI!«

14

Ehrlich gesagt weiß ich immer noch nicht, ob es mir leidtut. Bin ich wirklich schuld an allem? Okay, ich habe so getan, als hätten wir ein Haus in Finnland gewonnen, aber woher sollte ich denn wissen, dass meine Eltern deswegen am nächsten Tag gleich die Wohnung kündigen und fast alle unsere Möbel zerdeppern? Ich wollte doch bloß, dass Papa in den Ferien endlich mal mit uns nach Finnland fährt. Oder mich wenigstens mit Turo hinfahren lässt. Aber Onkel Kurt hat leider recht: Lügen wachsen schnell wie Bambus. So haushoch, dass man das Ende nicht mehr sieht, und nun sitzen wir hier mit unseren drei Koffern und drei Taschen am See und haben keinen Schimmer, wo wir übernachten sollen.

Markku Virtanen war von seiner Geschäftsreise kurz noch mal zurückgekehrt, weil er zu Hause einen wichtigen Aktenordner vergessen hatte. Den fand er dann ganz unten in Papas Gartenhaufen und verständlicherweise platzte ihm deswegen gleich noch mal der Kragen. Er brüllte, dass Papa als Hausmeister gefeuert sei, und verlangte auf der Stelle den Hausschlüssel zurück. Dann schloss er das Haus ab, sprang mit dem Aktenordner in seinen Wagen und brauste davon.

Papa knurrte mich an, er sei Busfahrer und kein Hausmeister. Ich glaube, er wollte ausnahmsweise noch viel mehr sagen, aber dann fiel ihm ein, dass der Autoschlüssel vom Mietwagen dummerweise drinnen auf dem Küchentisch lag. Also haben wir nun leider auch kein Auto mehr. Jedenfalls keins, mit dem wir fahren können.

Mama schnieft noch immer leise vor sich hin, Sami lässt Steine ditschen und Papa schweigt und grübelt. Inzwischen ist er wieder der normale, stille Papa, den ich kenne. Sein Wutausbruch war in dem Moment beendet, als Markku seinen wichtigen Aktenordner im Gras fand, mit verknickten Seiten und beschmiert mit Vogelkacke.

»Es hilft alles nichts, Sulo«, sagt Mama. »Du musst deinen Bruder um Hilfe bitten.«

»Au ja!«, ruft Sami. »Wir besuchen Onkel Jussi! Und dann zeigt er mir, wie die Baumpflückmaschine funktioniert!«

Papa stößt einen Grunzlaut aus.

»Ich weiß, dass dir das schwerfällt, Schatz«, sagt Mama. »Aber was sollen wir denn sonst machen?«

Eine Weile herrscht wieder Schweigen, und ich frage mich, ob die Stunde, die ich den Mund halten sollte, inzwischen wohl schon um ist.

»Sulo?«, sagt Mama. »Sag mal, hörst du mir eigentlich zu?«

Papa starrt auf den See hinaus.

»Ich hab ein Boot entdeckt, ein Bohoot!«, verkündet Sami gerade begeistert. Ich springe neugierig auf. Vielleicht das Schlauchboot, das auf dem Foto zu sehen war? Aber als ich bei Sami bin, zeigt er auf ein Ruderboot, das ein Stück entfernt am Ufer liegt.

Plötzlich steht Papa neben mir und wirft ebenfalls einen Blick auf das Boot. Dann kneift er die Augen zusammen und blinzelt auf die funkelnden Wellen hinaus.

»Du kommst mit!«, sagt er zu mir.

»Ich auch!«, ruft mein kleiner Bruder. »Ich hab das Boot ja entdeckt.« Aber als Papa ihm einen strengen Blick zuwirft und den Kopf schüttelt, gibt Sami auf und rennt maulend zu Mama.

Wir laufen am Ufer entlang, tauchen zwischen Büschen ins Unterholz und kommen mit Schrammen irgendwo wieder heraus. Papa marschiert mit Riesenschritten auf das Boot zu, und ich muss fast rennen, um mit ihm mitzuhalten.

Dann macht er das Boot los, wir springen hinein, und Papa setzt sich auf die mittlere Bank, packt beide Ruder und rudert los. Ich staune, wie schnell er ist. Wir sausen nur so über das Wasser, und mein Vater rudert und rudert, ohne mit der Wimper zu zucken, als hätte er nie etwas anderes getan. Fast geräuschlos und im gleichmäßigen Takt taucht er die Ruderblätter ein, dann gibt es jedes Mal einen kleinen Ruck und wir gleiten ein Stück weiter auf den strahlend blauen See hinaus.

Ungefähr in der Mitte zieht Papa die Ruder plötzlich ein und blickt mich finster an, und fast denke ich schon, dass er mich zur Strafe gleich über Bord werfen will. Tut er aber nicht. Er atmet erst einmal tief durch und wischt sich die Stirn, weil das Rudern anscheinend doch viel anstrengender ist, als es aussieht. Dann schnauzt er mich an:

»Du hast uns erzählt, wir hätten ein Haus!«

»Stimmt ...«, sage ich. »Du uns aber auch.«

Er zuckt ein bisschen zusammen, als ich es sage.

»Aber hinterher hättest du wenigstens zu mir kommen müssen, um mir die Wahrheit zu sagen!«

»Ich wusste einfach nicht, wie ich es sagen soll ...«,

versuche ich zu erklären. »Und übrigens bist du hinterher auch nicht zu mir gekommen, um mir die Wahrheit zu sagen.«

Papa starrt mich verdutzt an. Dann hebt er wie in Zeitlupe erst den einen Mundwinkel und dann sogar den zweiten, und ich schaue in sein Gesicht und stelle fest, dass wir uns wirklich total ähnlich sehen.

Als ich mit meinen Mundwinkeln dasselbe mache, merkt er es auch und grinst. Dann fängt er wieder an zu rudern, und ich drehe mich um und sehe, dass das Ufer mit Sami und Mama immer weiter in die Ferne rückt. Sami hopst und winkt und ich winke zurück. Irgendwo schreit ein Vogel und im Wasser sehe ich aufsteigende Blasen von irgendwelchen Fischen. Ein Stück vor uns paddelt ein einsamer Haubentaucher, der hektisch flüchtet, als unser Boot angeschossen kommt.

Ich habe plötzlich ein richtig schönes Feriengefühl. In Finnland über einen See zu rudern, das habe ich mir immer schon gewünscht. Mit meinem Vater, der mir zeigt, wo er früher als Kind aufgewachsen ist. Und nun geschieht all das tatsächlich! Kaum zu glauben.

Aber Papa scheint überhaupt kein Feriengefühl zu haben, denn als wir am anderen Ufer ankommen und wenig später einen kleinen Waldweg entlanglaufen, merke ich, wie er immer nervöser wird. Von Zeit zu Zeit bleibt er stehen, um tief durchzuatmen, und auf seiner Stirn erscheinen klitzekleine Schweißperlen, obwohl der Sommer hier oben noch nicht besonders warm ist.

Dann treten wir aus dem Wald ins Freie.

Ich sehe Wiesen und Felder, durch die sich eine lange, kurvige Straße schlängelt, und vor uns liegt ein großer Hof mit mehreren rotbraunen Holzhäusern. Laute Rufe sind zu hören, ein Hund bellt, und gerade biegt ein Holztransporter, der riesige Baumstämme geladen hat, in die Einfahrt ein.

»Das ist der Holzhof von Heikki Mäkinen«, sagt Papa und wischt sich mit dem Ärmel die Stirn.

Der mit der explodierten Lagerhalle, will ich fast schon sagen, aber dann lasse ich es lieber.

»Du möchtest Onkel Jussi nicht so gern um Hilfe bitten, oder?«, frage ich vorsichtig.

»Nein«, gibt er zu, kramt seine Zigaretten aus der Hosentasche und zündet sich eine an.

»Dann lass *mich* doch hingehen«, schlage ich vor. Zuerst findet Papa die Idee nicht so toll, aber als er seine Zigarette fertig geraucht hat, in die Schachtel guckt und feststellt, dass sie leer ist, ändert er seine Meinung plötzlich und meint, ich könnte ja schon mal mit Onkel Jussi reden, während er unten am See noch eine kleine Runde dreht.

Wenig später klopfe ich an die Tür des Hauses, das Papa mir gezeigt hat. Das große Haupthaus, in dem nicht nur der alte Holzbauer Mäkinen wohnt, sondern auch sein Nachfolger Jussi, der neue Boss vom Holzhof.

Eine junge Frau mit langen blonden Haaren macht mir auf und blickt mich fragend an.

»Jussi. *Missä on Jussi?*«, sage ich und bete, dass die Frau mich versteht. Jedenfalls hat Papa mir erklärt, dass ich so nach Onkel Jussi fragen kann. Aber die Verständigung scheint leider nicht zu klappen, vielleicht ja wegen meiner schlechten Aussprache. Die junge Frau beginnt sehr schnell zu reden und ich kapiere überhaupt nichts.

»Jussi ei asu täällä«, sprudelt sie hervor. *»Sinun täytyy mennä pihan yli.«*

Hm. Vielleicht war meine Idee, Papa zu vertreten, doch nicht so gut. »Äh ... *Jussi?*«

»Ei, hän asuu sivurakennuksessa!«, sagt die Frau lachend.

Ich zucke mit den Schultern, und als sie merkt, dass es so nicht funktioniert, nimmt sie einfach meine Hand und führt mich über den Hof zu einem Nebengebäude, einer alten Hütte, die aussieht, als müsste sie dringend mal wieder renoviert werden. Das Holz ist ganz schön rissig und die rotbraune Farbe blättert schon ab.

Die junge Frau klopft und im nächsten Moment öffnet sich die Tür und vor mir steht Tante Marja! Blass und müde sieht sie aus. Erst starrt sie mich an, als wäre ich ein Geist. Dann wirft sie beide Arme in die Luft und umarmt mich und ruft: »Matti, was machst *du* denn hier?«

Sie und die Frau wechseln ein paar Worte, und dann nimmt Tante Marja mich mit in ihre kleine Küche und schenkt mir Saft ein, und ich muss erst mal erzählen, was ich hier mache und wie ich hergekommen bin. Ich erzähle und erzähle und höre überhaupt nicht wieder auf. Ich erzähle ohne Pause komplett alles, was seit dem Besuch von Onkel Jussi und Tante Marja bei uns passiert ist, und während sie zuhört, werden ihre Augen immer größer und von Zeit zu Zeit schüttelt sie ungläubig den Kopf.

»Diese zwei Verrückten«, stöhnt sie. »Jussi hat an diesem Abend nämlich auch gelogen!«

»*Was?*«, rufe ich verdutzt.

»Ja. Er ist überhaupt nicht der neue Chef vom Holzhof. Er ist ein ganz normaler Holzfäller und wollte sich vor Sulo einfach nur wichtigtun. Hinterher haben wir uns wegen dieser Sache fürchterlich gestritten, weil ich natürlich dachte, dass das alles stimmt.«

Anscheinend sind Papa und Onkel Jussi sich viel ähnlicher, als sie aussehen.

Als ich Tante Marja gerade erzähle, dass Mama wegen des Hauses in der Schweiz auch sehr enttäuscht war, öffnet sich plötzlich eine kleine Tür und ein verschlafener Onkel Jussi lugt zu uns herein.

»Na, schon ausgeschlafen?«, sagt Tante Marja. »Wir haben Besuch! Sieh mal, wer hier ist!«

Onkel Jussi reibt sich die Augen und glotzt mich an. Und dann prasselt ein Wortunwetter auf ihn nieder, Worte wie harte Hagelkörner. Onkel Jussi duckt sich, während Tante Marja auf ihn einschimpft, und schlurft mit schlaffen Schultern in Unterhemd und Unterhose zum Tisch, wo er sich schwerfällig auf den freien Stuhl plumpsen lässt. Ich wundere mich, weil er ein ganz anderer Onkel Jussi ist als an dem Abend bei uns – vor allem leiser. Schweigend lässt er den Kopf hängen und verzieht die Lippen zu einem Schmollmund. Und als Tante Marja eine kleine Schimpfpause macht, blickt er sie flehend an und sagt »*kulta*«, mein Schatz.

»Du wirst jetzt zu deinem Bruder gehen und ihm gefälligst die Wahrheit sagen!«, schimpft Tante Marja auf

132

Deutsch weiter. »Und dich entschuldigen, damit das klar ist!«

Onkel Jussi verzieht gequält das Gesicht und kriegt plötzlich kleine Schweißperlen auf der Stirn, genau wie Papa vorhin.

»Aaach, *kultaaa*, muss das denn sein?«, stöhnt er. »Und wenn ich nicht will?«

»Dann lasse ich mich scheiden!«, droht Kulta Marja, und ich glaube es ihr aufs Wort, weil sie wirklich ganz schön grimmig guckt. Onkel Jussi scheint ihr auch zu glauben, denn er steht murrend und fluchend wieder auf und verschwindet im Schlafzimmer, um sich schnell anzuziehen.

Während wir wenig später den kleinen Waldweg zum See hinunterlaufen, raucht Onkel Jussi drei Zigaretten und stöhnt alle zwei Schritte, als wäre er in eine Glasscherbe getreten.

»Du bist mein Aufpasser, ja, Matti?«, sagt er. »Du passt auf, dass ich mich bei deinem Papa entschuldige, und dann sagst du deiner lieben Tante Marja, dass ich mich bei deinem Papa entschuldigt habe, okay?«

»Okay«, sage ich.

Am See angekommen, sehen wir Papa mit dem Rücken zu uns auf einem Felsen sitzen. Als er uns kommen hört, dreht er sich um.

Onkel Jussi rümpft die Nase und zieht eine Leidensmiene, als hätte er Zahnschmerzen. Dann öffnet er kurz den Mund und klappt ihn gleich wieder zu.

Ich nicke ihm ermunternd zu.

»*Terve*, Sulo!«, sagt er endlich. »Hör mal, ich muss dir was sagen: Ich hab gelogen und das tut mir leid ... Hast du's genau gehört, Matti?«

»Ich hab's genau gehört«, bestätige ich.

»Heikki ist immer noch der Boss auf dem Hof, nicht ich. Und Marja und ich wohnen, äh, immer noch in der kleinen Hütte, nicht vorne im Haupthaus.«

Als Papa das hört, strahlt er Jussi an und hebt beide Mundwinkel gleichzeitig! Und dann erzählt er ihm, dass sich in Wirklichkeit niemand für seine Handyspiele interessiert und dass das mit dem Haus in der Schweiz ebenfalls gelogen war. »Außerdem«, fügt er hinzu, »brauchen wir deine Hilfe. Wir haben nämlich keine Wohnung mehr.«

Onkel Jussi runzelt die Stirn, und dann geht die Unterhaltung ziemlich lange auf Finnisch weiter, denn Papa erzählt und erzählt, genau wie ich vorhin bei Tante Marja, bis Onkel Jussi irgendwann zu glucksen beginnt und

134

seine Schultern schlackern, weil er so lachen muss. Er schlägt sich mit beiden Händen auf die Schenkel, ruft »*Voi, rakas veljeni!*«, und umarmt Papa, und dann beklopfen sie sich gegenseitig die Schultern, als wären ihre Jacken staubig.

»*Velikulta!*«, ruft Papa.

»*Pikkuveljeni!*«, ruft Jussi.

Noch mehr Umarmen und Klopfen.

»Was heißt denn Pikkudingsda?«, frage ich.

»Mein kleiner Bruder«, erklärt Papa.

Onkel Jussi haut mir auch auf die Schulter und meint, das sei wirklich die lustigste Geschichte, die er je gehört hätte, gratuliere. Und dann sagt er, dass ich ein fantastischer Lügner sein muss, wenn meine Eltern mir diesen Quatsch von dem gewonnenen Haus geglaubt hätten. Dass man Häuser gewinnen kann, hätte er ja wirklich noch nie gehört, und wir bräuchten uns keine Sorgen zu machen, weil wir bei Freunden von ihm schlafen können, auch für länger.

Und jetzt sollen wir erst mal unsere Ferien genießen und später könnte man dann weitersehen.

Klingt gut, finde ich.

»Heute ist mein freier Tag, da können wir angeln gehen!«, ruft Onkel Jussi.

»Angeln, *hienoa*«, schwärmt Papa. »Und ich fange den größten Fisch, pass auf, Matti!«

»O nein«, sagt Onkel Jussi zu mir. »*Ich* fange den größten Fisch. Ich habe damals schon immer den größten Fisch gefangen!«

»Ja, damals«, brummt Papa. »Heute ist aber heute.«

Jetzt geht das schon wieder los. Am besten, ich wechsele schnell das Thema, damit sie sich nicht eine halbe Stunde lang über die größten Fische unterhalten. »Sag mal, Onkel Jussi, habt ihr einen Computer? Ich muss dringend eine Mail schreiben!«

»Nein, wir nicht. Aber vorne im Haupthaus ist einer, den kannst du benutzen.«

Sehr gut, das ist doch schon mal was. Und außerdem bin ich echt gespannt, wo wir heute schlafen werden.

Und auf das Holzlager, das Papa damals abgefackelt hat.

Und auf Onkel Jussis »Vollernter«, der nur Sekunden braucht, um einen Baum zu fällen.

Und darauf, wer den größten Fisch fängt ...

Ich glaube ja, ich.

Papa macht die Leine los, und dann steigen wir ins Boot, um Mama und Sami abzuholen.

Von: mäkinenpuu@bof.fi
An: turo_k.@web.de

Lieber Turo,
wir sind gut in Puumala angekommen, aber ich muss
dir was sagen, was ich mich in Deutschland nicht zu
sagen getraut habe: Meine Eltern haben geglaubt,
dass sie hier ein Haus gewonnen haben. (Leider
meine Schuld.) Deswegen haben sie unsere Wohnung
gekündigt und wollten nicht nur hier Urlaub machen,
sondern gleich hierherziehen. Verrückt. Jetzt haben
wir in Deutschland nur noch eine Garage mit ein paar
Möbeln drin, und in Finnland haben wir gar nichts
und schlafen bei Kollegen von meinem Onkel Jussi,
nicht so weit von dem Holzhof, wo er arbeitet. Ich
habe ehrlich gesagt keine Ahnung, in welchem Land
wir nach den Ferien nun eigentlich wohnen werden,
aber meine Mutter lernt vorsichtshalber schon mal
Finnisch – falls wir doch hierbleiben. Sami fand
Finnland zuerst nur blöd, aber jetzt gefällt es ihm
doch ganz gut, er hat schon Freunde gefunden und
unterhält sich mit Händen und Füßen. Und stell dir
vor: Mein Vater und mein Onkel verstehen sich doch
ganz gut und waren sogar schon zusammen angeln.
Hinterher musste ich die Fische dann millimetergenau
abmessen, mit einem Maßband. (Und rat mal, wer
den größten gefangen hat!)
Ich freue mich schon, dass du bald kommst.
Viele Grüße, dein Matti

Von: turo_k.@web.de
An: mäkinenpuu@bof.fi

Hei Matti,
WAS? Jetzt wohnt ihr schon halb da? Das ist die
verrückteste Geschichte, die ich je gehört habe!
(Musst du mir genauer erzählen, wenn ich komme.)
Also, ich finde es jedenfalls besser als die Schweiz.
Denn in Finnland können wir uns ja jedes Jahr
treffen! Zuerst in den Sommerferien und dann
vielleicht auch noch in den Winterferien. Wir fahren
ja oft auch noch zu Weihnachten hin, wegen meiner
Oma. Lernst du denn schon Finnisch? Toivottavasti!
(Hoffentlich!)
Freue mich total auf die Ferien. Zu blöd, dass wir
dieses Jahr später fahren – mein Vater muss noch
arbeiten. Schreib mir bald wieder!
Terveisin Turo

Von: mäkinenpuu@bof.fi
An: turo_k.@web.de

Hyvä Turo,
immerhin kenne ich jetzt schon »hyvä«. Tut mir
leid, dass ich eine Woche nicht geschrieben habe,
aber es ist so unglaublich viel passiert. Wir kriegen
demnächst vielleicht eine kleine Wohnung in

Puumala, das wäre toll. (Hat aber nicht sehr viele Zimmer.) Und Onkel Jussi hat mir und Sami ein neues Bett gebaut. Wirklich super, was er alles aus Holz machen kann. Leider ist es wieder ein Etagenbett, aber das geht nicht anders, weil in der neuen Wohnung nicht so viel Platz ist. (Das alte Etagenbett hatte mein Vater vor unserer Abreise zersägt und weggeschmissen.) Mama liebt die Natur hier und versteht sich unheimlich gut mit meiner Tante. Tante Marja ist Lehrerin in einer Grundschule in Puumala, und wenn Sami hier eingeschult wird, kriegt er sie vielleicht als Klassenlehrerin!

Und jetzt kommt das Beste: Papa war gestern in Espoo, bei Nokia. Und stell dir vor: Sie fanden die Handyspiele, die er sich ausgedacht hat, richtig toll. Er bekommt eine Arbeit als Handyspiele-Entwickler! Ich weiß nicht, ob wir deswegen dann irgendwann nach Espoo umziehen müssen, aber im Moment kann er das auch von zu Hause aus machen, er braucht nur einen PC, und inzwischen hat er einen geschenkt gekriegt und ist total glücklich, weil es keine alte Schrottkiste ist, sondern ein superschnelles Teil mit Megaarbeitsspeicher. Ich freu mich so für ihn. Meine Eltern sind total anders als früher. Mama motzt gar nicht mehr und Papa hat richtig gute Laune und *lacht* sogar manchmal! Kannst du dir das vorstellen?

Parhain terveisin, Matti

Von: turo_k.@web.de
An: mäkinenpuu@bof.fi

Hei Matti,
meine Güte, wie schnell sich bei euch alles ändert!
Hoffentlich wohnt ihr, wenn ich komme, nicht schon
in Espoo oder Helsinki oder Russland! Nur noch ein
paar Tage, dann bin ich da. Bleib bitte, wo du bist!
Terv. Turo

Von: mäkinenpuu@bof.fi
An: turo_k.@web.de

Hei Turo,
jetzt halt dich fest: WIR HABEN EIN HAUS
GEWONNEN! (Diesmal wirklich!) Ein superschönes
Haus am See, in der Nähe von Anttola. Meine
Eltern hatten in Deutschland bei der Post so einen
Antrag gestellt, dass uns die Briefe nachgeschickt
werden, und gestern kam einer von *Hausverlosung
International*, bei denen Mama vor einiger Zeit ein
Los für ein Haus in Finnland gekauft hat. Und sie
hat echt gewonnen! Ich fass es nicht! (Falls du's dir
schon ansehen willst: Es ist das einzige finnische
Haus auf www.meinhauslos.de.) Ich habe gleich
auf der Karte nachgeguckt: Anttola liegt auch am
Saimaa, etwas näher an Mikkeli als Puumala – also

140

auch näher an dir! Wie praktisch. Wenn du kommst, sind wir schon umgezogen. Das Gute ist, dass der Umzug ganz einfach sein wird, weil wir fast keine Möbel haben. Ein paar baut Onkel Jussi uns, den Rest kaufen wir neu. Wir haben jetzt auch endlich ein Auto, einen alten Volvo. Ziemlich klapprig, aber dafür passt viel rein.

Finnisch ist ganz schön schwer. Meine Mutter gibt sich echt Mühe, aber sie meint, die meisten Wörter sind für ihr Hirn zu lang, zum Beispiel: auringonpolttama. Tante Marja sagt, das kommt schon noch, und außerdem hat sie in Mikkeli eine Freundin, die in einer Arztpraxis arbeitet. Die will sich mal umhören, ob nicht irgendwo eine Arzthelferin gebraucht wird.

Glaubst du eigentlich an Wunder oder so? Ich frag mich manchmal, ob es im Universum Fehler gibt. Ich meine keine kaputten Sonnen, die aufgehört haben zu leuchten wie durchgebrannte Glühbirnen. Ich meine Dinge, die total schieflaufen. Kann man die wohl korrigieren? Das habe ich jedenfalls versucht, und zuerst hat es auch ganz gut geklappt, doch dann wurde alles noch viel schlimmer, als es eh schon war. Und trotzdem ist jetzt plötzlich alles toll. Vielleicht sieht etwas manchmal bloß falsch aus und am Ende kommt dann doch was Gutes dabei raus? Wir sind hier in Finnland gelandet, weil bei uns alles komplett schieflief. Aber seit wir hier sind, läuft alles komplett gerade! Komisch. Muss da noch mal drüber nachdenken. Das wird jedenfalls der tollste Sommer aller Zeiten, und meine Eltern haben nichts dagegen, wenn du nach Anttola kommst oder ich zu euch nach Haukivuori fahre!

Hyvää matkaa und bis gleich.

Dein Freund Matti

Danken möchte ich ...

Michael Turnbull fürs Lesen und Ermutigen.

Meiner Schwester *Bea* und meinem Neffen *Maurice* für ihre liebevolle Anteilnahme an allem, was ich tue.

Marlies Schnoor und *Helga Henn* fürs Daumendrücken und Mitfiebern.

Ritva Raappana in Mikkeli und *Anu Stohner* für ihre Hilfe bei den finnischen Passagen.

Meiner Lektorin *Barbara Gelberg* für ihr umsichtiges Lektorat und unsere gute und rasante Kommunikation per Mail-Pingpong.

Und schließlich und vor allem *Hans-Joachim Gelberg*, der den Anstoß gab. Ohne ihn wäre dieses Buch so nicht entstanden.

Salah Naoura

Salah Naoura, geboren 1964, studierte Germanistik und Skandinavistik in Berlin und Stockholm. Er lebt in Berlin, arbeitet seit 1995 als freier Übersetzer und Autor und veröffentlichte mehrere Bilderbücher und Erstlesebücher. Seine Übersetzungen wurden mehrfach ausgezeichnet. Bei Beltz & Gelberg erschien zuletzt sein Kinderroman *Star*.